Guido und die traurige Frau

Inhaltsverzeichnis

Denn ich habe einen Tag der Rache mir vorgenommen; das Jahr, die Meinen zu erlösen, ist gekommen. Und ich sah mich um, und da war kein Helfer; und ich verwunderte mich, und niemand stand mir bei; sondern mein Arm musste mir helfen, und mein Zorn stand mir bei.

Jesaja 63:4

And if any mischief follow, then thou shalt give life for life,Eye for eye, tooth for tooth, hand for hand, foot for foot,
Burning for burning, wound for wound, stripe for stripe.

Exodus 21:23 King James Version

Und wir haben ihnen darin vorgeschrieben: Leben um Leben, Auge um Auge, Nase um Nase, Ohr um Ohr, Zahn um Zahn ;und auch für die Verwundungen gilt die Wiedervergeltung
.
Koran Sure 5,45

Der französische Balkon

In Basels Innenstadt, besonders am Rheinufer sieht man ihn oft, den französischen Balkon. Bereits der Blick von der mittleren Rheinbrücke her in Richtung des Hotels "Dreikönig", ist beeindruckend. Da kann man entlang der meist vier- oder fünfstöckigen Fassaden wahre Schmuckstücke anschauen, Schmuckstücke voller Charme, nahezu gespickt mit vielen Balkonen und eben auch französischen Balkonen mit ihren alten gusseisernen Geländern. Zahlreiche berühmte Gäste wussten diesen Blick zu schätzen. Picasso soll voller Begeisterung eine ganze Nacht auf einem der Balkone verbracht haben, um den Blick auf den Rhein zu geniessen. Von den Rolling Stones wird sogar berichtet, dass sie bei ihrem Besuch in Basel voller Begeisterung einfach vom Balkon aus in den Rhein gesprungen seien.

Viele Besucher fragen: "Ja was ist denn das, ein "französischer Balkon?"

Und Touristen, die ebenfalls oft diese Frage stellen, bekommen eine fast mitleidige Erklärung, die den Fragenden erst einmal gar nicht hilfreich ist.

-"Das ist eigentlich gar kein Balkon!"

-"Ja, was denn sonst?"

Und die Basler erklären dann geduldig: "Ja es ist eigentlig a weng a Bschiss", also eine Mogelpackung, eine Attrappe.

Richtig, es ist eine architektische Mogelpackung und mit einem richtigen Balkon hat dieser französische Balkon grundlegend rein gar nichts gemeinsam. Er besteht lediglich aus einem bodentiefen Fenster, mit einem Geländer davor. Das Geländer ragt dann sehr minimal aus der ganzen Fassade des Hauses heraus. Und dieses Geländer dient eigentlich nur zur Sicherheit. Und wahrscheinlich auch, um baurechtlich geforderte Absturzsicherungen zu gewährleisten. In Basel wurden die Häuser oft, besonders in der Altstadt, sehr dicht aneinander gebaut. Somit wurde es baurechtlich untersagt, Balkone zu bauen, die über die Fassade herausragen. Findige Architekten haben eine Lösung gefunden, den sogenannten "französischen Balkon".

So ein französischer Balkon hat einen ganz speziellen Charme. Zum Beispiel, wenn man sich bei geöffneter Tür dicht an das Geländer zum Frühstück setzt, die Sonne kommt herein und man genießt den Morgen. Zudem wird erreicht, dass innerhalb der Wohnung ein grosszügiges Raumgefühl entsteht und andererseits bei geöffnetem Fenster, oder besser gesagt der Tür glaubt man, man würde sein Frühstück im Freien genießen. Touristen sehen diese Schmuckstücke meist gar nicht, da man etwa den Kopf in den Nacken legen muss, um sie zu sehen und nicht geradeaus schaut. Aber es lohnt sich.

I GING

In folgendem Roman benutzt der Ermittler Guido ab und zu das sogenannte I GING. Hier eine kleine

Bemerkung dazu: (Falls mehr Interesse besteht, finden sich im Anhang noch Quellenangaben.) Die vielschichtige Symbolik des chinesischen Orakels, des IGING, faszinierte die Wahrheitssucher seit Jahrhunderten. Das I GING wurde als „Buch der Weisungen" benutzt. Es ist auf ein philosophisches System aufgebaut und zeigt die Prozesse und Muster des Lebens und soll den Menschen helfen zu einer harmonischen Übereinstimmung mit sich selbst und seiner Umgebung zu gelangen.

Es läuft dabei nach bestimmten Gesetzen ab, sieht die Welt nach diesen ablaufenden Gesetzen als Ganzes

Eine der ältesten Methoden, Fragen zu beantworten ist die sogenannte „Münzenmethode". Diese Methode zählt auch zu den leicht verständlichsten Praktiken. Man benötigt drei Münzen, die meisten verwenden beim I Ging chinesische Münzen mit einem Loch in der Mitte, so wie es Guido es in unserem Roman praktiziert.

Man nimmt sie in die Hand, schüttelt und wirft sie auf den Tisch. Aus Vorder- und Rückseite ergeben sich sogenannte „Linien".

Am Schluss muss dann die Antwort bewertet werden. Hierbei sind Fragen vom Typ ja – nein unbedingt zu vermeiden. Fragen sollten nach Auswirkungen einer bestimmten Handlung, nach dem Weg zu einem bestimmten Ziel sein. Wir werden im Buch, im Roman sehen, dass auch Guido versucht, seinen Weg in seinen Entscheidungen mit Hilfe dieser Methode zu

optimieren. Außer diesem Münzwerfen benötigt es zur Interpretation auch ein Schema, um das Auffinden der gewürfelten
I GING-Zeichen ersichtlich zu machen. Von dem I GING haben sich Viele inspirieren lassen, zum Beispiel hat Pink Floyd in seinem „the piper at he gates of dawn" davon geschwärmt, C.G. Jung schätzte es sehr, bei seiner tiefenpsychologischen Betrachtung und der Komponist John Cage, (Er war die Schlüsselfigur der „Happening Bewegung" in den 60-ern, bekannt geworden mit „music of changes"). Aber wer auch hier wirklich mehr wissen will kann sich im Anhang etwas aus den Quellen heraussuchen. Hier noch von Pink Floyd aus „Chapter 24" der Chortext: „Change returns success going and coming without error; action brings good fortune, sunset, sunrise."

Lebensmittelpunkt im Kleinbasel – Büro im Grossbasel

*Die besten Dinge
verdanken wir dem Zufall.*
Casanova

Es war ein Zufall gewesen. Ein wirklicher Glücksfall war es gewesen, wie so oft im Leben. Sie sassen im „Schmalen Wurf" und sein Freund Urs hatte ihn irgendwann zwischen seinen zwei Rugeli Bier und Guidos Käpseliwasser[1], so ganz nebenbei gefragt: "Hast du mal etwas Zeit übrig?"
Guido schaut verdutzt auf. Das roch eigenartiger Weise nach Arbeit.
-„Ich sitze seit 11.00 Uhr in dieser Beiz vor einem Wasser, also habe ich Zeit!", hatte er dann etwas unwillig gebrummelt. Aber er hatte ihm dann trotzdem zugehört. Konnte ja nicht schaden und Urs war ein Kumpel, sein bester Kumpel und was von ihm kann war immer akzeptabel.
Urs war ein schmächtiger, zurückgezogener Typ, den von seiner Statur her aber auch gar nichts an seinen Namen Urs, der Bär, erinnerte. Er hatte eine hohe Stirn, die auf Intelligenz und Denkfreudigkeit hinwies. Unter seinen Freunden war er als äusserst scharfsinniger Typ bekannt. Und für Guido hatte er

---

[1] Mineralwasser mit Kohlensäure

zusätzlich noch etwas sehr Wichtiges an sich: Er hatte Beziehungen, „Connections", wie er sagte. Guido nannte ihn deshalb liebevoll „ Professore Googeli" und Urs konterte im Gegenzug wegen dessen aufgesetzter Brummigkeit manchmal mit „Grumpelsuuri", was man etwa mit Murrkopf übersetzen könnte.

-„Eine Anfrage aus dem Daig", sagte er und Guido hob sofort interessiert den Kopf. Mit Daig wird in Basel traditionell die Führungsschicht bezeichnet, also könnte es interessant sein. Für Guido interessant deshalb, weil "Führungsschicht" automatisch auch nach Geld roch. Und das wiederum war ein Geruch den er liebte.

 -„Frau Vischer glaubt, dass ihr Mann fremd geht", flüsterte Urs und sah sich um, ob auch niemand zuhörte. Vischer war in Basel ein sehr bekannter Name, und da würden dann doch einige der Umsitzenden die Ohren spitzen.

-„Macht doch fast jeder", brummte Guido unbeeindruckt, fragte aber dann doch nach:

-„ Und? Vischer mit Vögeli-V?"

 -„Ja, genau", sagte Urs, „mit Vögeli-V. Sie ist sauer und zwar gehörig sauer und sie will sich scheiden lassen."

Er machte eine kurze Pause und dann: "Sie braucht Beweise."

-„Ja, wenn Sie´s doch schon weiß." Guido war gedanklich noch nicht ganz bei ihm.

-„Sie vermutet es!

Guido zog die Mundwinkel nach unten. Das Interesse liess nach.

-„Und Wissen ist kein Beweis."

-„ DU wirst ihr diese Beweise besorgen, DU!"
-„Werde ich? ", fragte Guido.
Das klang nach Desinteresse und Urs antwortete
spontan, schnell: "Ich hab´ schon zugesagt. Und
auch berichtet was für ein bekannter Ermittler du
bist. " Das war halt der Urs. Urs, wie er leibt und
lebt. Er schmierte einem nicht nur süssen Honig um
den Bart. Er hatte auch die finanzielle Seite bereits
mit dem eventuellen Aufwand abgecheckt, alles
überflogen, hatte Frau Vischer einen
"vertrauensvollen, bekannten" Ermittler
vorgeschlagen, also Guido, und Frau Vischer war
einverstanden gewesen.
Er, Urs konnte so etwas einfach. Wenn er seine
Fähigkeiten erklären sollte, erklärte er jeweils :"Das
hab ich halt einfach im Urin."
Urs schob jetzt das halbvolle Rugeli zusammen mit
dem Bierdeckel etwas zur Seite und platzierte einen
dünnen, gelben Plastikordner vor ihm auf den Tisch.
Er erklärte: "Guido, alles ist da drin! Kannst mich ja
noch kontaktieren, wenn was fehlt."
Er stand auf und bereits im Gehen meinte er noch: „
Eh, übrigens, mmh, äh, übrigens, sollte es schnell
gehen. Ich hab doch schon zugesagt. Und auch,
dass du ein ganz Schneller bist." Hatte er dabei mit
dem rechten Auge geblinzelt?
 -„Und dann?"
-„Geld spielt keine Rolle. Wie gesagt, die Ehefrau
ist wütend, so richtig sauer. Also, leg los!" Urs
kam nochmal an den Tisch und beide prosteten sich
zu – Bier mit Wasser - und grinsten.
Guido hatte sich also abends zu Hause mit dem
gelben Ordner hingesetzt und versucht,

Grundlagen und Fakten zusammen zu tragen. Zuvorderst stand der Entschluss, stand die Darstellung, dass er erfolgsversprechende Möglichkeiten des Handelns, wie es die rein militärische Planung beschreibt, durchführen könnte. Aber er war alleine. Er konnte den Aufwand an Kräften und Mitteln, die zu erwartenden Verluste, die unerwünschten Nebenkosten und all das gar nicht formulieren. Besser gesagt, es war sinnlos. Zeitverlust. Er war alleine. Das änderte schliesslich alles!

-"Verdammi", brummte er unwirsch. Aber der Auftrag hat sich bereits in seinem Hirn eingenistet. Er starrte aus dem Fenster und brummelte: „ I-Ging", und zog gleichzeitig die Lederschnur, mit den drei chinesischen Münzen von seinem Schlüsselbund.

-"Wenn Logik nicht erfolgversprechend ist, versuche ich es eben mit dem Befragen des Orakels und überprüfe die Logik.", dozierte er vor sich hin. Er legte Papier und Bleistift zurecht, notierte seine Frage, schüttelte die Münzen in seiner riesigen Hand und warf sechs Mal. Er notierte das entstandene Hexagramm und kennzeichnete auch die sogenannten beweglichen Linien. Die beweglichen Linien wären für Guido die faszinierenden Linien, weil sie seine Situation am besten abbilden würden. Am Schluss las er in seinem Orakelbuch mit den Beschreibungen der 64 Hexagramme nach: Es war überraschend. Er erhielt sechs ungeteilte Striche und das Urteil im Orakelbuch lautete: *Das Schöpferische macht Erhabenes gelingen fördernd durch Beharrlichkeit.*

Natürlich waren noch Details weiter hinten. Drei vier Seiten lang beschrieben. Schwer zu lesen. Schwer zu interpretieren, aber ihm genügte das als Anfang. Er war erstaunt, dass das Hexagramm derart deutlich auf Dauer und Wahrnehmung seiner individuellen Kräfte hinwies. Er griff zum Handy und rief Urs an.

- „Morgen fange ich an", sagte er kurz, und legte sofort wieder auf. Er konnte sich jetzt nicht mit Diskutieren ablenken lassen. Und Urs würde alles Nötige schon an seine Auftraggeberin, Frau Vischer, in entsprechender Form weitergeben.

-„Aber nur eine Woche lang, länger nicht", nahm er sich insgeheim vor. Dann studierte er die Unterlagen, die Urs ihm gegeben hatte, genauer. Er kannte seinen Urs schon eine lange Zeit, aber er war immer wieder überrascht, an was Urs bereits jetzt an alles gedacht hatte: Angaben zur Zielperson, die er, wie immer, mit ZP bezeichnet hatte, Foto der Zielperson, Vorlieben und Hobbies, Zeitangaben, an denen die Zielperson wo anzutreffen ist, Fahrzeug, mit Kennzeichen. Besser gesagt, alle drei Fahrzeuge, denn man hatte es hier ja nicht mit armen Leuten zu tun.

-„Ja, ja", murmelte Guido fast ehrfurchtsvoll. „Mein Googeli."

Am nächsten Morgen nahm er seinen „Einsatzrucksack", mit einem zusätzlichen t-Shirt, zwei auffälligen Basecaps, einen Feldstecher, einer kleinen Kamera und einer Sonnenbrille. Diese Zutaten wirkten etwas lächerlich, hatten ihm aber in der Vergangenheit schon oft genutzt, wenn er schnell sein Aussehen anpassen musste. Und dann folgte er auch bereits seiner Zielperson.

Es ging direkt auf die A3, Richtung Rheinfelden und als der BMW der Zielperson nach Eiken abbog, war es ihm sofort klar, was das Ziel sein würde. Es war eins der Ziele, das er in seinen Unterlagen bereits unter „mögliche" Treffpunkte gefunden hatte.

-„Mein Googeli macht es mir wirklich einfach!", lobte er seinen Freund im Stillen.

Er bog nach rechts ab.

-„Ein richtiger langweiliger Wiederholungstäter bist du.", flüsterte Guido verächtlich.

Er ließ sich also etwas zurückfallen und nutzte sein Diktafon.

- „10.30 Uhr. ZP fährt Richtung Schupfart. Die Zielperson parkte den BMW auf dem Parkplatz des kleinen Flugplatzes der Motorfluggruppe Friktal."

Guido stellte seinen Wagen ebenfalls ab, setzte sich auf die Terrasse des Airpick-Restaurants und beobachtete erst mal völlig entspannt den wenigen Flugbetrieb. So schnell würde nichts Wichtiges passieren.

Nach längerem Warten und einem zweiten Espresso erschien eine junge Dame Marke Männertraum. Schlank, Haare zurückgebunden, figurbetontes Jerseykleid mit U-Boot-Ausschnitt und seitlichem, silberfarbenen Reißverschluss. Eine Umhängetasche in Leder und – natürlich - mit zur Tasche passenden Sling-Pumps. Sie war ein Sahnestückchen. Und sie wusste es.

Guido registrierte eine innige Begrüßung mit Küsschen hier und Küsschen da, aber mehr als ein

Foto mit dem Handy wäre zu auffällig gewesen.
Also war Warten angesagt.
Die beiden kannten sich, aber sie waren vorsichtig.
„Mehr kommt sicher gleich noch", dachte Guido
und bezahlte schon mal seine zwei Espressi im
Voraus. Man konnte nie wissen.
Und richtig, er kannte derartiges Verhalten aus
Erfahrung. Plötzlich ging es sehr schnell. Die
Bedienung wurde gerufen, man setzte zum Zahlen
an.
Guido huschte schnell durch den Hinterausgang zu
seinem Wagen.
Und dann kamen sie bereits angeturtelt. Die Beiden
schlenderten jetzt engumschlungen zu dem
schwarzen BMW und dann fuhr der Wagen auch
bereits los.
Der BMW fuhr Richtung der nahegelegenen Stone-
Ranch, bog aber vorher plötzlich rechts ab. Wie
jetzt? Hatten die Beiden etwas bemerkt? Wurde er
nachlässig? Guido fluchte innerlich. Das könnte
schwierig für ihn werden. Verfolgen per Fahrzeug
war jetzt unmöglich geworden. Eine Weggabelung.
Rechts abgebogen oder links.
McGyver flüsterte in sein Ohr „Rotes Kabel oder
blaues Kabel?

Guido entschied sich für rechts. Er stellte seinen
Wagen nach wenigen Metern in einem engen
Waldweg ab. Von dem BMW war nichts zu sehen.
Und dann, dann hatte er wieder Glück. Er sah vor
sich Bremslichter aufleuchten. Da war er wieder.
Der BMW stand jetzt etwas entfernt bei einer
Abzweigung.

Guido schnappte sich seine Kamera vom Beifahrersitz, stieg hastig aus und versuchte zu Fuss durch das dichte Unterholz in eine geeignete Position zu kommen. Bereits hatte er den BMW mit seinem Teleobjektiv erfasst. Er sah Fensterscheiben im Grossformat aber er sah keine Person im Fahrzeug.

- „ Das darf nicht wahr sein", fluchte er und suchte die Beiden im Umkreis. Nichts. Er schwenke seine Kamera. Nichts. Ein Blick durch den Zoom, nichts. Also konnte er lediglich den BMW mit Kennzeichen im Wald als Beweis fotografieren. Das würde nichts bringen. Zu früh gefreut.

Ein leeres Auto im Wald? Das wäre auch der lieben Frau Vischer, die offensichtlich grossen Wert auf Beweise legte, nicht genug.

-„Klar, damit ist niemand zufrieden." Er brummelte ungeduldig. Er suchte weiter.

Weitermachen oder abbrechen? „Rotes Kabel oder blaues Kabel?" flüsterte ihm McGyver wieder ins Ohr.

Guido wartete. Und dann doch: An die Autoscheibe drückten sich zwei nackte Fußsohlen.

Er schoss das Bild. Noch mehr Bilder. Dann tauchten zwei Gesichter auf. So etwas braucht er. Genau das war seine Rettung. Er schoss das Bild, auch wenn es nur ein Fuss war.

Die Tür öffnete sich und ein nackter Herr Vischer wurde sichtbar. Er warf ein benutztes Papiertaschentuch vor seinen Wagen und zur gleichen Zeit bekam er von einer ebenfalls nackten Dame, liebevoll von hinten eine Zigarette in den Mund gesteckt.

- „Super, das langt", dachte Guido und hätte gerne laut und befreit aufgelacht. Er zog sich zurück. Die Bilder würden genügen. Besonders das letzte. Er notierte die Uhrzeit und fuhr zurück, um seinen Bericht auf Papier zu bringen. Das könnte er fasst als Schlussbericht bezeichnen. Aber seine Unterlagen mussten gerichtstauglich sein, das hatte der Urs für Frau Fischer verlangt. Er hatte eine Woche eingeplant, also würde er weitermachen. Die nächsten zwei Tage waren ihm in den Unterlagen schon als sogenannte „normale Arbeitstage" der Zielperson vorangekündigt worden. Und so war es dann auch. Die Zielperson traf sich in der Stadt an verschiedenen Orten mit Kunden, die offensichtlich am Kauf irgendwelcher Objekte interessiert waren. Die Zielperson führte offensichtlich lange Verkaufsgespräche und für Guido war dies Verhalten eine durchaus langweilige Angelegenheit.

Das Orakel, das er wie immer vor seinen Aktionen befragt hatte, hatte „gesagt":

> *„ Im rechten Beharren liegt Vorteil. Dann wird es keine Fehler geben."*

Nun, es brachte ihm nicht viel, aber er hielt sich dran. Er notierte die Treffen trotzdem fein säuberlich und wartete dann auf den dritten Tag.

•

Am nächsten Tag wartete er vis- à- vis der Garagenausfahrt der Zielperson und es ging nicht lange, da erschien ein riesiger, schwarzer Maserati.

-„Oiii", dachte Guido. „Da hat dir die Mutti aber ein grosses Spielzeug geschenkt."
Und dann hängte er sich an diesen auffälligen Maserati.
Er hatte jetzt immerhin etwa 460 PS vor sich. Ein Wagen, der eine Höchstgeschwindigkeit von etwa 280-290 erreichen könnte. Aber es schreckte ihn absolut nicht. In der Schweiz würde ihm das nicht viel auf der Autobahn nutzen. 120 war die Höchstgrenze und das würde er auch mit seinem kleinen „Hueschtegutzeli" schaffen. Und auffällig war ein Maserati ganz sicher. Unübersehbar! Es würde leichte Arbeit sein.
Diesmal ging es auf der A3 zuerst einmal wieder in die gleiche Richtung, wie beim ersten Mal. Die Zielperson fuhr diesmal nicht Richtung Schupfart auf den Flugplatz, sondern bog vorher ab auf die deutsche Seite und dann hatte Guido es auch bereits gecheckt. Das Ziel war jetzt offensichtlich und unmissverständlich: Golf.
Er hängte sich dran an den schnittigen Maserati, der auffällig wie ein bunter Hund vor ihm rumkurvte. Und bald sah er das Hotel Rheinsberg vor sich, direkt am Golfplatz, eingebettet in wohltuende Ruhe und umgeben von der Schönheit des dortigen Landschaftsschutzgebietes. Hier gab es für Golfer sehr attraktive Golfpauschalen. Aber seine Zielperson hatte alles andere im Sinn, als Golfspielen. Er folgte der Zielperson auf die Terrasse des Hotels, setzte sich in die Nähe und wartete.
Dann kam sie auch schon, die Versuchung. Sie schwebte geradezu heran, in einer oversized Bluse

mit Rundhalsausschnitt in schwarz mit weißen
Streifen, mit einer figurbetonenden Hose und setzte
sich sofort und selbstverständlich zu der Zielperson.
Wieder ein kleines Küsschen links, ein kleines
Küsschen rechts, wie man es eben unter guten
Bekannten gewohnt ist. Nur eben, dass gute
Bekannte sich dabei nicht an den Hintern fassen.
Beide bestellten je einen Espresso und hielten sich
gar nicht lange auf. Es war eindeutig, was sie
wollten. Offensichtlich war im Hotel auch schon
alles arrangiert. Sie stürzten den Espresso
regelrecht runter und gingen zur Rezeption. Man
merkte, dass sie nicht das erste Mal da waren. Sie
wurden begrüßt, wie ein gut bekanntes Ehepaar,
nahmen den Zimmerschlüssel in Empfang und
gingen die Treppe nach oben. Das bedeutete aber
leider für Guido, dass für ihn hier Ende war. Er
konnte nicht hinterher schleichen ohne in
irgendwelche Probleme zu geraten. Oder doch?
„Rotes Kabel oder blaues Kabel?" flüsterte ihm
McGyver in Ohr.
Das Orakel hingegen hatte von Beharrlichkeit
geredet. Hatte gesagt, Beharrlichkeit bringt Heil.
Was jetzt?
Als die Empfangsdame an der Rezeption durch
einen Ruf aus der Küche kurz abgelenkt war,
wagte er es. Er ging hinterher.
Die Beiden liefen jetzt, weil sie sich alleine dachten,
engumschlungen weit hinten den langgezogenen
Gang runter, hielten vor Zimmer 14. Schlüssel rein.
Engumschlungen in das Zimmer. Tür zu. Die Tür fiel
ins Schloss. Von innen wurde lautstark
abgeschlossen. Das würde länger gehen!

Jetzt war wirklich Schluss für Guido. Keine Chance mehr. Er fotografierte das Zimmer von aussen, dann noch die Zimmernummer und ging wieder vorsichtig zur Rezeption. Dass es ein Schäferstündchen war, war eindeutig. Aber wie sollte er es beweisen?

Er ging wieder runter. Schlenderte etwas lustlos in den neben dem Hotel gelegenen Garten, schaute, ob er finden könnte, wo dieses Zimmer von außen einsehbar wäre, aber er fand nichts. Es war keine Möglichkeit, irgendein Bild zu knipsen. Also setzte er sich wieder in das Lokal, bestellte einen Espresso und wartete. Wieder einmal warten! Beharrlichkeit war angesagt. Das hatte auch das Orakel gesagt. Er versuchte, sich daran zu halten.

-„Die meisste Zeit beim Observieren verbringt man mit Observieren", redete Guido beruhigend zu sich selber. Selbstironie wirkt jedoch nicht immer! Er war enttäuscht.

Doch dann, eine Viertelstunde später war offensichtlich aus dem Zimmer 14 eine Bestellung aufgegeben worden und eine Bedienung machte sich mit einer Flasche Champagner in einem Eiskübel auf den Weg nach oben. Guido fotografierte. Fotografierte, wie sie raufging, fotografierte, wie sie im Zimmer 14 verschwand und ohne die Champagnerflasche wieder erschien. Es waren gute Hinweise, aber eben nur Hinweise. Irgendwie war das alles jedoch nicht gut genug. Er brauchte einen richtigen Knaller.

-„Mist", sagte Guido, „Mist". Er wartete über eine Stunde. Nichts geschah. Die beiden kamen einfach nicht wieder. Waren offensichtlich sehr intensiv mit sich selber beschäftigt.

Mit Teleobjektiv würde er vielleicht doch ein paar eindeutige Bilder schießen. Nicht gerade im Bett liegend, aber doch eindeutig. Lieber kein Risiko eingehen. Er wartete. Wie gesagt, Beharrlichkeit, immer wieder Beharrlichkeit. Er kannte es ja von anderen Einsätzen.

Und die Beharrlichkeit sollte sich doch noch bezahlt machen.

Er notierte die Uhrzeit und ging zu seinem Wagen. Er machte einen kleinen Rundgang und dann, gerade als er frustriert abfahren wollte, kamen die Beiden gerade aus dem Hotel heraus.

Engumschlungen. Klar, hatte er ja schon einmal bei den Beiden erlebt.

Ein Foto schießen. O.K., erledigt. Fasst ein Siegerfoto.

Sie stiegen ein und unterhielten sich noch eine Weile im Fahrzeug. Guido umrundete das Hotel, um sie von vorne sehen zu können.

-„Gesichter sind besser als Hinterköpfe.", sagte er leise, als er abdrückte. Es kam sogar noch besser für ihn.

Obwohl sie sich eine Stunde lang offensichtlich im Bett vergnügt hatten, küssten sie sich im Fahrzeug. Nicht ein Küsschen links, ein Küsschen rechts, sondern sie knutschten im Auto rum, wie Teenager.

Ein Foto. Noch ein Foto. Noch ein richtiges Siegerfoto.

Dann stieg die Dame aus, winkte noch kurz und ging mit einem anerkennenden Hüftschwung zu ihrem eigenen Wagen, den Guido vorher gar nicht realisiert hatte. Ein roter 911GT.

-„Natürlich, in RS- Version, unter dem geht es nicht!", dachte Guido.

Sie drehte sich noch einmal um, winkte erneut, warf ihm eine Kusshand zu und fuhr ab.

Noch ein Foto. Abfahrendes Fahrzeug. Noch ein Foto vom Kennzeichen des Fahrzeugs.

Das musste für heute genügen. Mit sehr wenig Vorstellungsvermögen würde seine Auftraggeberin sich ausmalen können, wenn er noch etwas dazu geschrieben hätte, was da gelaufen wäre und was immer noch läuft.

- „So", sagte Guido, „Damit ist die Woche gelaufen und ich glaube, wir haben genug. Frau Vischer wird zufrieden sein."

Er fuhr in Richtung Basel, ohne sich noch um die Beiden kümmern zu können. Sie würden jetzt sicher nicht noch in eine Waldschneise fahren und noch einmal übereinander herfallen. Er konnte nach Hause gehen, alles zu Papier bringen und dann mit den Bildern zusammen den Bericht an seinen Freund Urs abschicken und warten, was passiert. Den Rest regelte Urs und er hatte es bisher immer super geregelt.

•

Auf der Rückfahrt gönnte er sich, wie sich jedes Jahr tausende und abertausende von Touristen am "Knochen" gönnen, noch einen kurzen Zwischenstopp.

Während man die Ausfahrt zu dem gelben Knochen von Basel kommend in den meisten Fällen übersieht, und unter ihm durchrast, sind die grossen Bullaugen auf der Rückfahrt deutlicher zu sehen.

Der „ gelbe Knochen", wie das Gebäude im Volksmund wegen seiner Form und Farbe, genannt wird, ist die Autobahnraststätte Pratteln. Das Hauptpublikum wird von Lastwagenfahrern gestellt. In der Ladenpassage kaufte er sich ein Päckchen "Krumme Hunde". Konnte man nicht an jeder Ecke bekommen, aber eben hier. Er gönnte sich, ganz zufrieden mit sich selbst, einen grossen Cappuccino in einem der Sockelbauten.
Draussen auf der Bank rauchte er anschliessend genüsslich einen seiner "Krummen Hunde" und notierte die wichtigsten Einzelheiten seiner zurückliegenden Observation, einer durchaus erfolgreichen Observation, wie er konstatierte. Es war einfach nur erfreulich! Super gelaufen! Er fuhr weiter Richtung Basel.

●

Frau Vischer war wütend gewesen, aber ihr hatte es andererseits völlig genügt, was sie an Informationen von Guido bekommen hatte. Genügt ja, zufrieden war sie verständlicherweise nicht gewesen.
Es verging noch eine Zeit. Über Urs ließ sie Guido eine Woche später wissen, dass sie zufrieden mit der Arbeit sei, und die Scheidung einreichen werde. -„Sobald die Scheidung, die sich möglicherweise etwas hinziehen wird, dann durch ist, werde ich mich erkenntlich zeigen." Das war alles. Sie hatte

nicht gesagt „sie würde die Rechnung begleichen", sondern sie sprach wirklich von „erkenntlich zeigen".

-„Bedeutet wohl in diesen Kreisen das Gleiche. Sie ist halt vom Daig.", meinte Guido.

Guido hatte Frau Vischer eigentlich nie zu Gesicht bekommen, aber sie hielt Wort. Sie ließ ihm durch Urs ausrichten, was sie unter „erkenntlich zeigen" verstand. Urs überbrachte seinem Freund Guido einen grossen braunen Umschlag mit einem Vertrag und einem Begleitbrief und einem Schlüssel.

Und so bekam Guido von Frau Vischer eine Wohnung am St.-Alban-Rhein-Weg zur Miete. Und zur Miete hieß in diesem Fall "für nichts", gestellt, um dort sein Büro einzurichten. Er musste gar nicht irgendwie vor Gericht erscheinen oder irgendwelche Aussagen machen, sondern seine Unterlagen, seine langjährige Polizeiarbeit hatte sich bezahlt gemacht, wurden als gerichtstauglich angesehen. Und vor allem die Fotos hatten eine derartig durchschlagende Wirkung auf Herrn Vischer gehabt, dass dieser ohne Gegenwehr aufgab.

Und dann war die Scheidung irgendwann durch.

•

Guido bezog umgehend sein neues Büro am Grossbasler Ufer. Das Büro bestand aus einem 40 Quadratmeter-Zimmer. Es war das, was man in Basel allgemein als Studio bezeichnete, also ein riesiges Zimmer mit einer kleinen angegliederten

Ecke für eine Küche. Und für Guido besonders erfreulich: Küche und Zimmer waren komplett eingerichtet! Da hatte sich Frau Vischer nun wirklich nicht lumpen lassen. Sie war das Jonglieren mit derartigen Summen offensichtlich gewohnt.

-„Jetzt bin ich halt manchmal auch im Dalbe Loch", erklärte Guido seinem Freund Urs. Der beschwichtigende Zusatz "auch" sollte seinem Freund suggerieren, dass sein Lebensmittelpunkt natürlich weiterhin im Kleinbasel liegen würde. Als "Dalbe Loch" wird in baseldeutscher Mundart das St.-Alban-Tal und die grosse tiefliegende Gegend am Rheinufer auf der Grossbaseler Seite bezeichnet. Dort in der Nähe der Anlegestelle der St.-Alban-Fähre, die beide Rheinufer miteinander verbindet, lag nun Guidos Büro. Von hier aus, von wo aus sich in früherer Zeit die Baseler Papierindustrie entwickelt hatte, konnte sich nun auch Guidos Geschäftszweig entwickeln. An dieser Promenade, dem St.-Alban-Rheinweg, konnte Guido zukünftig auch gut bestückte Kunden empfangen. Eine Adresse, die sich sehen lassen konnte. Obgleich sein Lebensmittelpunkt, das war für Guido klar, das Kleinbasel bleiben würde. Aber Leben in Kleinbasel und das Geschäft in Grossbasel, das gefiel ihm. Genau, wie für ihn gemacht.

Bea und Liliane

*Wer das Unheil voraussieht,
leidet zweimal.
B. Porteus*

Bea wachte in ihrem riesigen Studio auf, als die Morgensonne durch eines der grossen Fenster von dem Gemälde, das an der gegenüberliegenden Wand hing, reflektiert wurde und ihr genau ins Gesicht strahlte. Sie hielt sich automatisch die Hand vor die Augen, blinzelte, drehte sich leicht zur Seite und betrachtete zufrieden Klimts „Der Kuss".
Sie liebte dieses Bild, das durch die verwendeten Goldfarben, durch die Goldbronze, nahezu magische, ja religiöse Assoziationen hervorrief. Und jetzt, als die Sonnenstrahlen sich in diesem Bild spiegelten, sah es noch kostbarer aus. Es war lediglich ein Poster. Ein Poster, das, wie sie fand, eine dargestellte Sinnlichkeit zeigte. Das dargestellte Paar scheint verschmolzen, von einem fast göttlichen Glanz umgeben zu sein. Für Bea bedeutete es: Liebe. Liebe ist unvergänglich.
Das Bild hatte ihr ihre Freundin Liliane zum Einzug in dieses Studio geschenkt. Liliane hatte ein halbes Jahr vor ihr ihre Matur gemacht und bereits ein halbjährliches Studium hinter sich. Zuerst einmal hatte sie sich der Kunst gewidmet und in diesem Zusammenhang war sie wohl auf Gustav Klimt gestoßen und hatte ihr dieses riesige Poster erworben und geschenkt.

-„Das passt zu dir ", hatte sie geflüstert. „Es ist aus der goldenen Periode von Gustav Klimt und das bekannteste Gemälde. Es ist zwar irgendwann aus dem Jahr 1908", hatte sie gemeint, „ und diese Zeit, die wurde als Klimt´s goldene Phase bezeichnet."
Bea liebte dieses Bild. Sie schwang sich aus dem Bett, stand einen kleinen Moment unschlüssig im Zimmer und ging dann zur Küchenecke.
-„Kaffee!", flüsterte sie. Wasserkocher einschalten, zwei Löffel gemahlenen Kaffee in einen Papierfilter geben, eine Messerspitze Zimt und mit heissem Wasser einen frischen Kaffee aufbrühen.
Es roch wundervoll! Sie liebte es, auf diese altmodische Art, Kaffee aufzubrühen.
Sie nahm einen ersten Zug, ging ins Bad. Sie genoss es, wie das warme Wasser über ihren Körper perlte. Raus aus der Duschkabine und mit einem flauschigen Tuch abtrocknen.

Im Zimmer hatte sich inzwischen ein leichter Zimt-Kaffeeduft verbreitet, und sie setzte sich mit überkreuzten Beinen nochmal auf ihr grosses Bett, stopfte sich ein Kopfkissen in den Rücken und schaute sich vollauf glücklich in dem grossen Zimmer um. Die Sonne blinzelte nicht mehr, sondern schien jetzt ihren ganzen Körper sanft zu streicheln.
-„Wenn ER mich jetzt so streicheln würde.", dachte sie verträumt und schaute mit schief gelegtem Kopf auf das Handtuch, als ob es Männerhände wären.
Aber ER war nicht da!

Wie unter Zwang wanderte Ihr Blick zur Seite und blieb dann an dem blauen Akt hängen.

-„ Nue bleu, Souvenir Biskra", flüsterte sie bewundernd vor sich hin und betrachtete intensiv das Ölgemälde von Henri Matisse. Sie hatte es bereits früher einmal in Basel in der Fondation Beyeler bewundert und damals schon geliebt. Bevor ihr ihre Freundin den Kuss geschenkt hatte, war dies ihr absolutes Lieblingsbild gewesen. Jetzt hing es genau vis-á-vis des Klimt. Sie erinnerte sich, wie sie damals mit ihren Eltern auf einer Algerien-Reise gewesen war und von diesem Bild von Matisse gehört hatte.

- „Der Name Biskra bezieht sich auf eine Stadt in einer algerischen Oase.", hatte ihr ihre Freundin mit ihrem 1-Semestrigen Kunststudium erklärt. Sie liebte es ebenfalls, aber sie wusste auch, dass es damals um 1900 von Kritikern durchaus als verstörend empfunden und stark kritisiert wurde. -„Ein Universum von Hässlichkeit für Matisses Arbeiten", wurde damals gesagt. Jetzt hing hier gegenüber von Klimt eine Kopie in Posterform und erfreute Bea jeden Morgen aufs Neue.

Bea war ein durchaus hübsches Mädchen, hochaufgeschossen und sportlich . Damals, als sie noch zu Hause war und sich etwas mehr nach ihren Eltern richten musste, als sie noch die letzten Schuljahre zu absolvieren hatte, war sie dem Trend der Kurzhaarfrisuren mit dem sogenannten Garconlook, dem Knabenlook, gefolgt. Extrem kurz am Oberkopf und zerzaust gestylt. So etwas kann nur ein Friseur machen und das wiederum konnte sie sich aufgrund des vorhandenen finanziellen Polsters ihrer Eltern leisten. Sie fand diese gestylten Strähnen sehr feminin. Lässig. Brav. Und, wie sie fand, trotzdem schlicht. Und, was damals wichtig war, als sie zur Schule ging, derartige Frisuren lassen sich schnell und einfach frisieren und sie fallen trotzdem auf.

Jetzt, da sie sich etwas von zu Hause abgenabelt hatte, hatte sie selbstbewusst gewechselt.

„Vokuhila. Vokuhila", ja richtig.

-„Vokuhilas sind zurück."

Ihre Freundin hatte sie etwas entgeistert angeschaut und sie hatte ihr erklärt

-„ Für dich, wo du´s offensichtlich nicht weisst, VOKUHILA, bedeutet vorne kurz, hinten lang."

Ihre Freundin hatte es nicht geschätzt, sie hatte nur einen kurzen Kommentar gegeben. Aber der sass, wie immer. Bea hatte einige Zeit gebraucht, um sich an ihre spitze Zunge zu gewöhnen.

-„ Du siehst aus, wie ein Fußballer in den Achtzigern".

Aber Bea fand es mittlerweile gut, und liess sich nicht davon abbringen. Sie war sicher, der Look stünde ihr und auf dem Laufsteg sah man doch auch viele Models. Warum sollte sie sich das nicht trauen?

Sie schwang den Arm nach links und stellte das Radio an. *The truth about love von Pink* war zu hören. Sie war mittendrin. „Wer dieses Album kauft. Dancefloorhelden, die in der Disco nicht labern, sondern abgehen wollen. Gut, ein bisschen labern auch. Ruhige Balladen. Mitreißende Hymnen…"

und gerade jetzt kam der für sie genau passende Song.
Sie summte ihn mit. *"I think, it just may be perfect, the only person of my dreams. I never ever,ever, ever, ever been this ???. But now something has changed. And the truth about love is it´s all a lie. I thought you were the one and I hate goodbyes. Oh, you want the thruth?"*
- „ Ja, das war *the truth about love von Pink."*, „Tja", flüsterte sie.
- „ Dann schauen wir halt mal in den Studienführer. Mal schauen, was mir gefällt."
Sie nahm ihr Tablet vom Nachttisch und schlug die Seiten Studienstruktur Universität Basel auf und ging diese zuerst einmal diagonal durch.
Kunstgeschichte, Literaturgeschichte, Einführung in die Geschlechtergeschichte … Sie blätterte durch die juristische Fakultät, die medizinische Fakultät, das Lehramt, die wirtschaftswissenschaftliche Fakultät, eine Seite, die ihr wahrscheinlich noch näher kommen würde, da es das war, was ihr Vater ihr eigentlich vorgeschlagen hatte. Sie wollte das nicht. Ein trockenes Gebiet war das für sie, aber einen kleinen Gefallen musste sie ihm tun.
Schließlich stand sie noch davor und alles war offen. Bachelor, Master of chemie, Masterstudium, Bachelor of computer. Mal sehen!
Sie hatte einen derartig guten Maturabschluss, dass ihr schliesslich alles offen stand. Sie konnte wählen. Sie war frei.
Sie blätterte durch und fand erst einmal, wie vermutet, nichts. Und das lag nun wirklich nicht an dem umfangreichen Studienführer der Uni Basel.

Nein, das lag daran, was sie mit ihrer Freundin am vergangenen Abend und am Nachmittag bereits erlebt hatte. Es ließ sie einfach nicht los, schlängelte sich durch ihre Hirnwindungen und immer wieder wurde sie von den Erlebnissen eingeholt. Was war dagegen schon ein Gedanke an die vor ihr liegende Zukunft, ein Doktorat, oder Bachelor oder Master oder wissenschaftliche Fakultät oder Psychologie oder Lehramt. Das konnte immer noch kommen.

Nein, der gestrige Abend war´s, der sie nicht losließ. Und sie liess das Ganze nochmal in Gedanken abspielen: Angefangen hatte es mit einer SMS ihrer Freundin. Ganz kurz, wie sie es von ihr gewohnt war.

- „Heute gehen wir? " dann kam doch noch eine SMS mit einer Erklärung hinterher.

-„Schliesslich hast du deine Matur in der Tasche. Da können wir doch mal feiern. Also, 15.00 Uhr in der Staine." Kein Fragezeichen war diesem Satz hintenangestellt.

Ihre Freundin war eine Person, die nicht lange fragte, sondern sagte! Nicht gerade ein Befehl, aber sie konnte das irgendwie. Bea hatte sich dran gewöhnt. Also hatte sie fix ihren grossen Kleiderschrank geöffnet und eine Bluse, ein Kleid und eine Hose nach der anderen anprobiert, bis sie schließlich auf etwas ganz Einfaches verfallen war. Sie wollten ja lediglich ein bisschen feiern und es war schliesslich erst Nachmittag. Da brauchte es doch keine grosse Abendgarderobe zu sein.

Ihre Wahl fiel auf Jeans mit Ethnostil-Stickerei, zwar einfach, aber weil sie derart elastisch war, ein

echter Hingucker. Man würde schon schauen und mit man meinte sie natürlich grinsend zu sich selber: „Die Kerle werden sich wundern."
Darüber, weil es das Wetter zuließ, eine leichte transparente Tunika in Weiß. Ein V-Ausschnitt, nicht gewagt, aber in gewissen Situationen hatte man schon einen Einblick. Ton-in-Ton-Stickereien vorne und mit elastischen, gesmokten Abschlüssen. Das war´s. Ein kleines Täschchen mit den nötigen Utensilien und dann war sie losgezischt.

•

- „In die Staine[2]", hatte ihre Freundin geschrieben und aus Erfahrung wusste sie, dass ihre Freundin weit oben in der Staine anfangen würde und dann könnten sie ein paar Kneipen von oben nach unten durchgehen, sich unterhalten. „Wir werden Plausch haben", das wusste sie. Sie sah ihre Freundin schon von weitem vor den Aushängen des oberen Kinos stehen und warten. Sie winkte.
Überschwängliche Begrüßung, drei Küsschen, links, rechts, links, wie es in der Schweiz üblich ist und dann:
-„Und? Wie geht´s?"
Ihre Freundin sagte kurz: „Gut. Und jetzt?"
Sie hatten also beide absolut keine Pläne für den Abend. Sie liebten beide eher die nicht geplante n Aktivitäten. Das Planlose bringt die Spannung!

---

[2] Mundartliche Bezeichnung für „Steinenvorstadt". Im Volksmund = Kinostrasse

Also machten sie das Einfachste, was denkbar war, sie gingen über die Straße in die nächstgelegene Bar. Draußen eine Theke, Barhocker, um diese Zeit noch nicht sehr viele Leute, und sie fanden einen schönen Platz mit bester Übersicht die ganze Strassenzeile runter. Der Barmann begrüßte ihre Freundin wie eine alte Bekannte. Also musste sie schon öfter da gewesen sein. Sie selber war nicht so eine Wirtschaftstussi. Aber, sie wollte schließlich mithalten und sie wollte Fun haben, was immer das bedeutet. Ihre Freundin zwinkerte ihr zu.

-„Diesmal mit oder ohne Alkohol? Ich weiß, du trinkst keinen Alkohol, aber heute, zur Feier des Tages? Auch heute nicht?" Sie legte fragend den Kopf schief.

- „Nein, ich kann auch ohne Alkohol feiern. Auch heute.", sagte Bea schnippisch.

-„O.K., Keinen Alkohol. Aber Käpseliwasser[3] muss es ja auch nicht gerade sein, oder? wir haben 15.30 Uhr! Ich nehme einen schönen, schrecklich farbigen Cocktail. Mal schauen, was es gibt. Dabei griff sie bereits zu der vor ihr liegenden Getränkekarte.

- „ Du brauchst nicht zu suchen.", sagte Liliane. „Ich weiß was wir nehmen und ich weiß auch, dass du es magst." Sie betonte das DU.

Der Barkeeper hinter der Theke spitzte bereits mit schiefgelegtem Kopf die Ohren, streckte dann etwas den Kopf nach vorne und ihre Freundin flüsterte irgend etwas von " Pussi oder Food oder

---

[3] Mineralwasser mit Kohlensäure

Pussifood und einem Engel." Für Bea klang das alles nach Bahnhof.

-„Na, ja, warten wir ab." Beide schauten dem Typen hinter der Bar zu, wie er Ananassaft, Orangensaft, Grapefruitsaft, Grenadine Sirup mischte und dann alle diese Zutaten noch mit einer Hand voll Eiswürfel in einen Shaker gab, alles kurz schüttelte und in ein Cocktailglas abgoss. Er stellte zwei Gläser vor sie auf die Theke. Dann machte er sich an den blonden Engel. Zitronenlimo, Eierlikör, noch irgendein Likör, was sie nicht lesen konnte, in einen Shaker, durchschütteln, ebenfalls in ein Cocktailglas gefüllt und dann sagte er ihrer Freundin grinsend: „ Süß, süffig, du weißt ja: Suchtgefahr." Er flüsterte dieses „du weisst ja", als ob sie es täglich bei ihm trinken würde.

Jetzt saßen die beiden Freundinnen glücklich auf den hohen Stühlen an der Theke, schauten die Straße rauf und runter, machten hier und da eine Bemerkung: „Wie kann man nur so 'n kurzen Rock anziehen?"

- „Oh, guck dir mal die an." Sie kicherten.

Und dann war es schon so weit. Die Getränke hatten geschmeckt. Folgerichtig bestellten sie die nächste Runde. Liliane hatte irgendwie Interesse an schrecklichen Namen, denn der Drink, den sie jetzt nahm hieß „Hugo, der Schreckliche". Er bestand aus Holunder, aus Waldmeister und etwas lime juice. Ja, und das Wichtigste für ihre Freundin, gleiche Menge Wodka. Alles wieder in ein Glas, Eiswürfel drauf und geschüttelt. Oben noch eine Scheibe Zitrone und dann lächelte dieser farbenfrohe Drink erwartungsvoll ihre Freundin an. Bereit zum Probieren. Aber Bea zierte sich.

- „Du willst gar nicht mal probieren?" meinte ihre Freundin.
-„Hach", sagte Bea und seufzte unentschlossen..
-„Nimm doch mal ein bisschen was mit Alkohol, hebt die Stimmung. Nimm doch einfach mal. Probier's mal. Komm schon!"
Gib mal die Karte.", rief ihre Freundin zu dem Typen hinter der Theke. Er reichte ihr die Cocktailkarte und sie fingen beide an unter den Getränken mit Alkohol irgendwas Schönes auszusuchen. Das „schön" bezog sich für Bea lediglich auf die einfallsreichen Bezeichnungen der Getränke.
-„Boah", stöhnte Bea. „Die Auswahl von allen diesen Dingen sagen mir nichts, und auch die Namen nicht."
Ihre Freundin grinste. „Ja, klar, so was gab's bei euch im Lyzeum Alpinum sicher nicht. Aber nur immer Tee ist doch auch langweilig, oder?""
Das Lyzeum, das sie meinte, ist eine internationale Internatsschule. Etwa 200 – 300 Schülerinnen und Schüler zwischen 12 und 18 Jahren. Man nannte sich „Spirit of source" und man wollte Werte vermitteln, die zwischen Traditionsbewusstsein und progressivem Denken eine Balance schaffen sollen. Man wollte Anstand im Alltag, Respekt, Hilfsbereitschaft und weltoffene Lebenseinstellung vermitteln. Das war dort essentiell. Das waren sozusagen die Grundpfeiler einer internationalen Gemeinschaft. Schließlich waren dort etwa 30

Nationen untergebracht. Alle beherrschten drei bis vier Sprachen und dort hatte Bea auch ihre Schweizer Matura gemacht. Und sie hatte eine erstklassige Matura gemacht. In allen 13 Maturitätsfächern Bestnoten.

-„Tja", stimmte Bea zu, „Das stimmt. Die letzten zwei Jahre war ich dort und habe mich wohl gefühlt und jetzt muss ich mich erst hier wieder an diese absolute Freiheit gewöhnen. Und dazu gehört, das verstehe ich schon, auch ab und zu mal ein Drink mit Alkohol."

- „ Ja, ja" Bea drehte die Augen nach oben und meinte:

„ Frei ist, wer seine Freiheit nutzt. Ha ha ha"

-„Und was stört dich daran? „ fragte ihre Freundin.

„So schlaue Reden kann ich auch führen. Zum Beispiel: „Freiheit heißt „Nein" zu Zwängen und „Ja" zu Möglichkeiten zu sagen. Ist das besser?", fragte Bea ihre Freundin.

- „Ach, komm. Komm lass doch, " meinte diese einlenkend.

Sie widmeten sich wieder ihren Cocktails. Und dann, wie angesprochen, schauten beide gleichzeitig auf ihre leeren Gläser:"leer!"

-„Noch einen? Oder was machen wir? Hallo … hallo …" Bea wedelte mit den Händen vor dem Gesicht ihrer Freundin rum und rief wieder: „Hallo!"

- „Ja, ja, was ist denn?"

- „ Du bist abwesend." „ Ja, was denn?", fragte sie etwas unwillig.

-„Ich wollte fragen, bleiben wir hier oder gehen wir zwischendurch mal etwas essen?" „Ich könnte es eigentlich brauchen."

- „Ja, ja ich auch", sagte ihre Freundin und beugte sich dann aber ganz verschwörerisch vor und flüsterte: „ Wir werden schon die ganze Zeit von so einem Typen beobachtet."

-„Wie sieht er denn aus?", fragte Bea interessiert. „ Sag mir doch wenigstens das."

Liliane würde sich den folgenden Satz lange Zeit nicht mehr verzeihen können.

-„ Ja, du musst ihn dir halt selber anschauen. Ich zeig ihn dir. Wir machen Folgendes: schließlich sind wir ja zwei Mädchen. Wir gehen jetzt zusammen auf die Toilette, laufen an ihm vorbei und du schaust ihn dir an. Er hat ein blau-rot kariertes Hemd, schwarze Haare mit kiloweise Gel drin und so coolen Augen, auffällig braun, fasst schwarz und durchdringend. Den wirst du sofort sehen."

-„Ja, gut".

-„Komm.", drängelte Liliane, glitt von ihrem Hocker runter und kam zu ihrer Seite, beugte sich zu ihr rüber und für Bea war es irgendwie, als ob sie sehr aufreizend oder besser gesagt „zu" aufreizend mit ihrem Hintern wackelte. Na, auf jeden Fall hakte sie sich ein und zog Bea hinter sich her.

Sie schlängelten sich durch die Tische, hinten in Richtung Toilette. Als sie an dem besagten Tisch vorbei kamen, blinzelte Liliane ihrer Freundin verschwörerisch zu und deutete mit dem Kinn auf einen Typen, der da saß und sie angrinste.

Der Typ grinste über alle vier Backen und er hatte wirklich Kohlenaugen. Bea gefiel er eigentlich recht gut. Liliane bemerkte es und zog sie schnell mit sich.

- „Sag mal spinnst du! Guck den Typen doch nicht so an. Dieser blöde Kerl!"

- „Ist ja schon gut" beschwichtigte Bea und lief mit in Richtung Toilette.

Als sie beide nach einiger Zeit zurück an ihren Platz kamen, stand dort für jede von ihnen das gleiche Getränk, das sie vorher gehabt hatten. Frisch zubereitet. Wieder schön farbig.

-„Was soll das jetzt?", fragte Liliane und schaute sich etwas hektisch nach links und rechts um. Der Barkeeper kam eiligst angewedelt und erklärte:" Eine Einladung."

- „Was für eine Einladung?", meinte Liliane und Bea stotterte:" Wie Einladung? Was? wo?"

-„Na, der junge Mann in dem karierten Hemd hat es für euch bestellt. Mit einem Gruss. Ich dachte, ihr kennt ihn."

Beide drehten sich automatisch um und schauten zu dem Kohlenaugentyp. Der grinste erneut bis zu den Ohren und prostete ihnen mit seinem Espressotässchen zu. Bea warf den Kopf in den Nacken

-„ Das kannste grad wieder mitnehmen!", schnaufte sie wütend und hart zum Barkeeper.

-„Wir lassen uns nicht auf diese billige Tour abschleppen. Wo sind wir denn hier? Komm Liliane, wir gehen!"

Sie drehten sich um und gingen Richtung Ausgang.

-„Schau ja nicht zurück!", zischte Bea und schob Liliane vor sich her durch den Ausgang.

-„Wieso?"

„Nicht, dass der sich auch noch was einbildet, dieser blöde Kerl."

Und dann waren sie bereits draußen in das Gewühle der Menschen eingetaucht und gingen weiter herunter zum Chinesen.
Und auf dem Weg dorthin hatten sie den Kohlaugentypen schon vergessen. Zumindest Liliane hatte ihn vergessen. Aber sie würden ihn wiedersehen.

●

Beim Chinesen ist es zwar immer voll, aber sie hatten Glück und ergatterten ein kleines Tischchen gleich draußen direkt am Eingang. Sie mussten gar nicht gross suchen. Sie kannten die Karte und sie wussten auch beide von sich, was sie nehmen würden, nämlich zwei Klassiker: Bea Schweinefleisch süß-sauer und Liliane *Chow Mein* mit Huhn. Die beiden Gerichte waren fix zubereitet und standen bereits nach kurzer Zeit vor ihnen auf dem Tisch. Das ist der Vorteil, wie die Chinesen ihre Nahrungsmittel garen, nämlich rasch, unter sehr hoher Hitze und wenig Öl. Sie waren fast gleichzeitig fertig und beide lehnten sich nach hinten zurück und riefen einstimmig: "Dessert!"
-„Ja Dessert!" sagte Bea, Und ich weiss auch, was du willst.
- „Und? Was will ich?"
- „Limetten-mousse mit Mango. Weiss ich doch."

Liliane schaute auf ihre Armbanduhr und meinte:" Heimweg? Noch 'n bisschen früh, oder?" „Bist du wieder auf dem Damm? Alles Ok? Keine Alkoholnachwirkungen?"

Bea zog einen Schmollmund.

-„Hab´ ich auch vorher nicht gehabt! Was machen wir noch? Einen Absacker?

-„Oh ja", sagte Liliane, schaute die Straße hinauf und hinunter und dann: „Wir gehen in die Lounge vom Club Fifty. Hast du Lust? Nur einen Absacker. Die haben 100 verschiedene Cocktails, Weine, spanische, italienische, Champagner natürlich auch, also, wir werden sicher was finden. Komm mit."

Sie zog sie mit sich und nach 100 Metern standen sie vor dem Eingang. Die riesige, gläserne Eingangstür war prahlerisch beschrieben mit: „Unsere DJs spielen die beste Musik. Genießen Sie die einzigartige Atmosphäre auf dem Dancefloor. Feiern Sie die ganze Nacht." Sie schauten sich mit grossen fragenden Augen an.

-„Na, ja, ganze Nacht nicht, aber ne Zeitlang könnten wir schon mal reingehen. Wir halten uns halt ein bisschen zurück mit Alkohol, dann geht das schon. Und dann noch einen kräftigen Espresso. Das geht."

Und dann traten sie auch schon ein.

Liliane öffnete die Tür und der Lärm sprang sie an wie ein wildes Tier. Der Diskjockey – als ob er es gespürt hätte - legte gerade in diesem Moment Ace of base auf. Es war eine regelrechte Initialzündung für Bea.

-„Ace of base, das ist meine Gruppe.", rief sie begeistert.

Und jetzt kam sie hierhin und wurde mit dem Songtext um diese einsame Frau, die sich regelmäßig neue Partner sucht, empfangen: *„All that she wants"*. Bea bewegte sich sofort zur Musik,

streckte beide Arme aus und sang: *„I heart, you´re crying load all the way across town, you´ve been searching for that someone."* Und dann summte sie nur noch, weil sie den vollständigen Text nicht mehr konnte, aber sie erinnerte sich an ihr Zimmer im Internat. Erinnerte sich an diese schwedische Popgruppe Ace of base. Sie erinnerte sich an das Riesenbild von Edberg, den Synthesizerspieler, Sie nannten ihn Buddha. Ihre Freundin Liliane schaute fasziniert zu, wie sie sich dieser Musik hingab. Diese Bea, die so lange im Internat gesessen hatte, die sie jetzt wieder neu erleben konnte. Sie gingen zusammen an die Theke und suchten auf der Getränkekarte etwas Interessantes für sich aus.
- „Aber bitte, bitte nichts Alkoholisches mehr." meinte Bea, „Ich hab wirklich genug.. Hab schon einen leichten Zungenschlag." Ihre Freundin grinste.
-„Ja, ja, ja, ja ja. Wir schauen mal."
Bea blickte sich immer noch fasziniert um. Von links nach rechts, beobachtete die tanzenden Paare und erinnerte sich an ihre Swiss International Boarding School, die sie eigentlich so gerne hatte, aber ihre Aktivitäten waren eigentlich sehr übersichtlich und trocken gruppiert in Bildung, Kultur, also Museumsbesuche, Konzerte, Theateraufführungen und in Sport. Sie konnte Mountainbiken, Reiten, konnte andere neue Sportarten kennenlernen, natürlich auch Fun, wie man es dort nannte. Damit war River Rafting gemeint, Kinobesuche, Freizeitparks. Sie konnte mal in die Tiercomedy-Ausstellung gehen, in das Nietzsche-Haus, Skifahren, Snowboarden, aber Discos? So, wie heute? Hier? Das war, wie gesagt, faszinierend und

neu für sie. Sie hörte nur so nebenbei, wie ihre Freundin die Cocktails bestellte. Zweimal Swimming-Pool. Der Barkeeper hatte zugehört und grinste mitleidig.

-„"Mädelsgetränke. Swimming-Pool. Na, trotzdem, wird erledigt, Ladies." Dann drehten sich beide auf ihren hohen Barhockern um und beobachteten kommentarlos das Gewirbel von Körpern, sich windenden Gestalten, hörten die Musik, nippten an ihren Swimming-Pool-Drinks. Kurz. Glücklich. Vollkommen zufrieden

-. „Oh, my good", schrie Liliane plötzlich und drehte ruckartig den Kopf weg.

- „Schau nicht hin. Schau um Gotteswillen nicht hin."

-„Was denn ?"

-„Kohlenauge kommt da rein. Kohlenauge. Erinnerst du dich?"

Bea schaute zum Eingang. Da stand das karierte Hemd. Jetzt sah sie ihn erst richtig. Und was für ein Typ stecke in dem Hemd! Er hatte sie scheinbar noch nicht gesehen, wandte sich nach rechts zu einem kleinen Tisch und setzte sich. Er bestellte ein Wasser mit Zitrone. Passte irgendwie gar nicht in diesen Rahmen. Aber zu diesem Typen passte Antialkoholisches eigentlich schon. Sie drehten sich wieder zurück, um ihn nicht anschauen zu müssen.

-„Puh", sagte Liliane. „Das hat uns noch gefehlt. Komm, wir zahlen."

- „Nein, nein, nein, wir lassen uns den Abend nicht verderben", flüsterte Bea, nippte genüsslich an ihrem Swimming-Pool und grinste vor sich hin. Ein ganz leichtes Lächeln, das nicht ihre Augen erreichte, von Liliane aber ärgerlich registriert wurde.

Und dann: „ So ein Zufall", sagte plötzlich eine Stimme und Kohlenauge stand genau zwischen ihnen.

Beide waren geschockt und schauten krampfhaft geradeaus zur Wand hin. Sie sahen Riesen-Fotos von Audrey Hepburn, John F. Kennedy, James Dean, sogar Trump mit erhobenem Zeigefinger. Sie starrten auf diese grossformatigen Poster und dann drehten sie sich schliesslich doch um. Ging doch nicht anders.

-„Ja? Und? Was ist?" Sie gaben sich abweisend.

-„ Vor zwei Stunden haben wir uns doch weiter oben in der Steinen gesehen", sagte Kohlenauge und lächelte dabei freundlich. Er schaute erst eine dann die andere an, als ob er seine Gunst gleichmäßig verteilen und niemand verärgern wollte.

Bea hatte plötzlich irgendwie zittrige Hände. Sie konnte es nicht erklären.

-„Ich wollte euch nicht beleidigen mit meiner Einladung weiter oben. Absolut nicht", sagte er. Für Bea klang es lieb und nett, für Liliane klang es triefend falsch.

-„Und jetzt will ich euch auch nicht stören. Ich gehe gleich wieder, aber das musste ich euch noch sagen." Klang alles sehr wohlerzogen.

Er erhob den Zeigefinger warnend, so wie es Typen mit türkischen Hintergrund liebend gerne machen und sagte übertrieben eindringlich:" Das nächste Mal lasst nie eure halbvollen Gläser auf der Theke stehen, wenn ihr raus geht. Nie!"

-„Wieso ?"

Er verdrehte die Augen nach oben über derart viel Naivität, und fragte belehrend: „Schon mal was von K.O.-Tropfen gehört, Ladies?"

-„Ach so, ja", sagte Liliane leichthin und Bea schaute sie verwirrt an. Liliane erklärte ihr: „ Ja, er meint, es würde uns jemand was in den Drink mischen. K.O. Tropfen oder so ein Zeug. Aber doch hier nicht."

- „ Ach so", bedankte sich Bea, „Ja, klar. Danke für den Hinweis. Tschüss!"

Und Kohlenauge grinste noch einmal und ging artig an seinen Tisch zurück. Er hinterließ zwei junge Damen mit sehr unterschiedlichen Gedankengängen: Bea war ganz weg und Liliane war schrecklich verärgert und vorsichtig. So unterschiedlich kommt man manchmal an.

•

Es begann gestern

I live in another world, where live and death are memorized.
Where earth is strong with lover`s pearls and all I see are dark eyes.
Bob Dylan

Bea stand am Fenster ihres Zimmers und erinnerte sich an Gestern. Gestern hatte es begonnen. Ja, irgendwie war für sie Gestern etwas Unvergessliches. Sie schaltete das Radio an und schon war Bob Dylan da! Wie passend sein Song: *„Never gonna be the same again."*
-„Wenn das kein gutes Omen ist! Ich kenne deinen Namen nicht, aber du bist für mich wirklich „a living dream" Sie drehte sich einmal um sich selbst tanzend und summte den Song leise in ihrem Zimmer mit.
Das war so toll gewesen, wie sie sich ohne irgendwelche Regeln verstanden hatten, sich nicht vorgestellt hatten, wie sie es aus ihrer Erziehung im Internat mitgebracht hatte. Nicht diese übliche stumpfe Normalität.
War es das, was sie an dem Typen so gereizt hatte? Geschieht das oft im Leben, dass man sich derart schnell zu einem Fremden hingezogen fühlt? Derart spontan? Alles andere ausblenden? Ist das Bestimmung? Nie hatte sie sich zu derartigen Themen Gedanken gemacht.
Sich einfach nur in die Augen sehen und alles ist klar? Diese Augen liessen sie nicht los. Er hatte sie

doch gar nicht berührt, nur angeschaut. Das ist ja wie in einem billigen Liebesroman.

Doch! Sie erinnerte sich jetzt: Einmal hatte er sie ganz leicht am Oberarm berührt. Nicht gestreichelt, nur einfach den Arm berührt. Nicht etwa drängend, auch nicht besitzergreifend. Es war irgendwie zufällig gewesen und jetzt brannte ihr Arm an dieser Stelle, wie Feuer, und sie summte eine Zeile: *„You touched me and you know that:"*

Bea träumte mit offenen Augen.

-„Sex mit ihm wäre wie wenn man in ein Wolfsrudel stürzt.", dachte sie und holte sich einen weiteren schwarzen Kaffee, indem sie nochmal heisses Wasser in den Filter goss.

Verwirrt und benommen erinnerte sie sich, wie sie regelrecht unbeholfen, wie unter statischer Spannung zitterte, als er vor ihr gestanden war. Sie standen unbeweglich mitten auf der Tanzfläche und einen kurzen Moment war die Zeit still gestanden.

Sie lösten sich voneinander und sie war zurück in der Welt gewesen. Seit diesem Moment war ihr Kopf voll von diesem Typ. Alles andere war vergessen.

•

Aber, aber, aber!

Sie hatten keine Kontaktadressen ausgetauscht. Kein Name, kein Telefon, keine Adresse, nichts! Nichts, was man normalerweise bei solchen Begegnungen macht. Sollte sie ihm nachstellen?

Nein, suchen klingt besser! Ja, sie würde ihn suchen! Sie musste!
Einen kurzen Moment der Verunsicherung kamen in ihr Zweifel auf. Später würde sie sich fragen, wieso sie diesen Zweifeln nicht mehr Aufmerksamkeit geschenkt hatte. Die Menschen sehen nur, was sie erwarten. Aber später ist man immer schlauer.
-„Macht er das öfter? Ist das seine Masche Frauen rumzukriegen? Vielleicht jede Woche eine?"
Nicht daran denken! Sie wischte die Zweifel unwillig weg, als der Dylan-Song sie zu bestätigen schien: *„Come baby, find me. Come baby remind me of where I once began."*

●

Bea ist hübsch und sie wusste das. Eine grosse schlank gewachsene Frau, die sich geschmeidig und immer gerade bewegt wie eine Ballertttänzerin. Männer drehen sich bereits zu ihr um, wenn sie sich anmutig eine Haarsträhne aus dem Mundwinkel pustet.
-„Und Bea ist verliebt, verliebt in Braunauge. Es ist eine „amore clandestino", eine heimliche Liebe.", hatte Liliane es später irgendwann einmal bezeichnet.

●

Schließlich hat sie es Braunauge nicht gesagt, nicht sagen können. Zu wenig Möglichkeiten? Zu scheu? Selbst wenn sie mehr Zeit gehabt hätte, wäre es ihr nicht möglich gewesen, ihre Gefühle in Worte zu formen.

Sie ist einfach verliebt. Und Bea tanzt gerne. Wie sich herausstellen sollte, war dies eine gefährliche Mischung.

Und auch von Braunauge wusste sie eigentlich gar nichts. Es war ihr aber auch völlig egal. Sie sah, wie die anderen Frauen versuchten, Braunauge mit Blicken fest zu halten, wurde eifersüchtig und wollte ihn nur noch für sich gewinnen. Aber für sie, für sie war er doch da. Nur für sie! Bea glaubte fest, dass er nur sie sehen würde. Sie versuchte, ihn mit ihren Augen in ihren Bann zu ziehen, fest zu halten.

•

Bea war es gewohnt, sich konsequent durchzusetzen. Auch in den Jahren im Internat war sie diesbezüglich durch eine harte Schule gegangen. Das Durchsetzungensvermögen von zuhause und im Internat nochmals geschärft.

Und in der vor ihr liegenden Situation kam jetzt auch noch eine Riesenportion persönliches Engagement hinzu.

Sie würde das sich einmal gesteckte Ziel erreichen, und wenn sie dazu sämtliche Clubs besuchen müsste! Sie kannte nicht viele aber sie würde sich durchfragen.

-„Fangen wir einfach mit den umliegenden Clubs an.", überzeugte sie ihr Spiegelbild im Badezimmer. Sie hatte sich bereits eine kleine Liste angefertigt. Sie liess von ihrer Wohnung aus ihren Blick über jene Strassenzüge gleiten in denen die meisten Clubs in ihrer Nähe zu finden waren und startete sofort in Richtung der nächstgelegenen Bar.

Der eigenartige Name „Zum wilden Rene" klang vielversprechend, entpuppte sich jedoch mit dem angepriesenen „Wohnzimmerfeeling" als totaler Reinfall. Sie ging erst gar nicht bis zur Mitte des menschenleeren Raumes durch. Rückwärts und raus.

Das „La Cueva" klang ebenfalls vielversprechend. In einer kleinen Seitenstrasse ganz in der Nähe ihrer Wohnung gelegen, hätte sie es fast übersehen. Die Clubräume hatte man, wie der Name vermuten liess, in einem alten Kellergewölbe eingerichtet.

-„Nicht schlecht!", schnalzte sie mit der Zunge und steuerte durch die schwach beleuchteten Gewölbe auf die vollbesetzte Theke zu, an der zu dieser frühen Stunde lauter junge Männer gelangweilt rumhingen.

-„Ihr seid ja richtige Kellerasseln. Das passt hierhin.", dachte sie angeekelt.

Kaum hatte sie bestellt war sie bereits umringt von mehreren Kellerasseln, und konnte ihr zurechtgelegtes „Interview" abspulen.

Die in der Personalführung erlernte Technik de des PLUS-MINUS-PLUS" – Vorgehens war ihr dabei sehr gelegen gekommen.

Das Gespräch mit etwas Positivem einleiten, dann zu den einzelnen, eventuell als negativ empfundenen Fragen kommen und mit etwas das Positivem beenden.

Am Schluss sollen die Befragten mit einem „guten Gefühl" zurückbleiben. Der eigentliche Kern der Fragen soll dann nebensächlich bleiben. Noch besser wäre, wenn er vergessen wird.

-„Schön hier! Gute Atmosphäre.", schwärmte sie und schaute sich bewundernd um.

-„Ja, schön. Gute Atmo-Dings da." Ein Intelligenzweltmeister!

-„Ihr seid sicher öfter hier, oder?"

-„Jedes Wochenende."

-„Meine Schwester war eine Zeitlang hier. Sie sucht ihren neuen Freund. Kann ihn irgendwie nicht erreichen."

-„Vielleicht kann ich helfen?"

-„Ich weiss nicht viel über ihn. Türke, auffallend dunkelbraune Augen und der Name fängt irgendwie mit Y an."

-„Hmm, das ist wenig. Kann mich nicht erinnern hier so jemanden gesehen zu haben. Ist ja auch wenig Fleisch am Knochen."

Danach war Sendeschluss. Bei derart wenig Information war das zu erwarten gewesen.

Sie suchte weiter.

Auch in den nächsten beiden Clubs waren die Antworten enttäuschend. Zudem sehr oft geprägt von Interessenlosigkeit und einer gewissen Angst davor, in irgendetwas hineingezogen zu werden.

Im „B6" rief das knutschende Pärchen an der Bar
wie aus einem Munde: „ Ein Türke mit Y?
Schwester, wie bist du denn drauf?
-„Wieso?"
-„Hier kennt Jeder Jeden! Da hinten sitzt der Yksel
oder so. Hier hinter der Theke bedient Yakub. Ist es
einer von denen?"
Bea schaute sich um.
-„Nein. Ist ja gut, ich verstehe schon."
Die beiden lenkten jetzt ein und versuchten doch
noch etwas zu helfen: "Da musst du etwas mehr
wissen, wenn du deiner Schwester helfen willst.
Sonst hat er bald eine andere.
Mit einem „Danke trotzdem für eure Hilfe.", verliess
Bea den Club.
Den nächsten Ort zu suchen überliess sie dem
Zufall. Sie deutete einfach mit dem Zeigefinger auf
einen der Namen in ihrer List: „Das Amok"
-„Das passt zu meiner aktuellen Stimmungslage!"
Sie ging los.
Einmal kurz nachfragen und dann hatte sie es
gefunden. Der Typ, den sie nach dem Amok gefragt
hatte, schaute sie eindringlich von oben bis unten
an.
-„Bist du sicher, das Amok?", fragte er lediglich und
hielt kurz zweifelnd den Kopf schief.
-"Klar!"
-„Gute Wahl, genialer Schuppen, den du suchst.
Richtig abgetanzter Laden!"
Wenige Minuten später passierte sie das Schild
„Freier Eintritt für Girls" und betrat das Amok. Eine
Disco, die auf zwei Eben angelegt war. Auf dem

Mainfloor rockte das Partyfolk bis zum Beben. In den Ecken sassen knutschende Pärchen.
Wiederum setzte sie sich an die Bar, bestellte einen „Lollipop" alkoholfrei und schaute sich um. Und bereits war sie voll im Geschehen.
–„Zum ersten Mal hier?", kam die einfallsreiche Frage von rechts.
-„Satter Sound, oder?" kam die nächste Frage von links.
-„Ja und ja", antwortete sie nach rechts und nach links.
Sie lächelte und dann konnte ihr Interview starten. Plus-minus-plus.
-„Einen Türken mit Y? Willst du uns auf die Rolle schieben?" Beide reagierten leicht angesäuert.
Sie zog leicht die Schultern hoch und lächelte beide naiv an und sie waren beruhigt.
Eine naive Tussi war ein leichtes Opfer!
-„Hier findest du -zig solcher Typen. Zu viele. Da kann ich nicht helfen meinte der links Sitzende und sein rechter Kollege nickte zustimmend.
-„Kommst du mit auf die Tanzfläche?"
-„Hab noch was im Glas.", entschuldigte sie sich.
-„Schau doch mal von oben runter."
-„Mach ich!", sagte Bea, griff nach ihren Glas und stand auf. Sie erstieg die zweite Ebene über eine Holztreppe und schaute auf das rockende Volk hinunter. Kein bekanntes Gesicht war zu sehen. Schnell gab sie auf.
Sie liess den Rest des Getränkes stehen und mit einem freundlichen „Auf einander mal.", verliess sie das Amok. Es gefiel ihr hier, aber sie hatte andere Ziele zu erreichen. Vielleicht später einmal mit

Braunauge zusammen? Ohne Braunauge war alles nichts. Sie lächelte bei diesem Gedanken an einen zukünftigen Besuch in sich hinein.

Auf dem Heimweg nahm sie noch zwei weitere Clubs mit auf in ihre Sammlung der Möglichkeiten. Das „Come in" mit einem angegliederten „Feierkeller", der ihr jemand auf der Uni mit Beschreibungen, wie „Da kannst du durchtanzen und bekommst die 90er nur so um die Ohren geschlagen.", beschrieben hatte.

Der Feierkeller entpuppte sich als halbleerer Dancefloor mit altmodisch getäfelten Wänden. Das Publikum bestand aus Touristen, die sich offensichtlich verlaufen hatten und einigen Hipstern. Bea bestellte nichts! Sie machte frustriert auf dem Absatz kehrt. Nur keine Zeit verlieren!

Das „Lisha" das seinem Namen absolut nicht gerecht wurde, war ein Treffpunkt afrikanischer Community und Raggae-Begeisterter. Bereits im Vorraum wurde sie von süsslichem Kräuterduft eingelullt und wurde an Zeiten erinnert, in denen sie auch die Songs von Louis Armstrong und Bob Howard gehört hatte. Aber die „bekifften, jazzigen US-amerikanischen Lieder" mit ihrem Dope und Glory lagen ihr sehr bald nicht mehr. Selbst das legendäre Bass-Solo von Slim & Slam, das jetzt durch die halbgeschlossene Tür zu hören war, überzeugte sie nicht mehr.

-"I see fields of grass!" stöhnte sie und trat erst gar nicht ein.

Ein weiterer Fehlschlag.

Dann endlich war sie zuhause. Sie warf sich übermüdet und zutiefst enttäuscht aufs Bett. Als sie losgezogen war, hatte sie ihr Ziel voller Optimismus noch greifbar und süss vor Augen gesehen. Jetzt schien es bitter entfernt zu liegen. Aber Aufgeben würde sie nicht! Mit dem „Trust yourself" von Bob Dylan im Ohr schlief sie ein.

●

Sie wachte gegen Mittag auf und fühlte sich wie gerädert. Die vergangene Nacht hatte ihren Tribut gefordert.
-„Wie müssen sich diese Typen fühlen, die jedes Wochenende durch die Clubs ziehen?
Es ist doch ein Ding der Unmöglichkeit, am Morgen wieder mit Begeisterung zur Arbeit zu gehen. Für mich ist es bereits nach einer Nacht nicht mehr möglich normal zu funktionieren, meine Vorlesungen zu besuchen. Und ich habe mir nicht eine Line Kokain reingezogen eine Pille Ecstasy gespickt. Mir langen bereits diese Nachwirkungen."
Sie konnte nicht wissen, wie nah dies alles vor ihr lag und sie erreichen würde.

Nach den Vorlesungen, die sie mit grosser Mühe hatte hinter sich bringen können kam ein zweistündiges Seminar. Aber was interessierte sie das Konzept „Gefangenendrama" oder die „Grundlagen der Ethik des Christentums". Sie musste dort weitermachen, wo sie am Vorabend aufgehört hatte. In der bitteren Wirklichkeit.

-„O.K. Durebisse!" flüsterte sie sich mit verkniffenem Mund Mut zu. Und schon war sie auf dem Weg zum nächsten Club. Es war 22 Uhr und am Eingang stand bereits eine Kolonne von Wartenden. „Be there early und profitiere von einem Gratis Drink.", stand dort in gewöhnungsbedürftigem Deutsch-Englisch-Gemisch, auf einem grossen Plakat am Eingang. Deswegen also die Warteschlange!

-„Hier kann man so richtig balzen.", hatte ein Kommilitone geschwärmt, als er ihr diesen Tipp gegeben hatte.

-„Balzen?", hatte sie naiv nachgefragt und ein mitleidiges Lächeln geerntet.

-„Na, tanzen, lieben, lachen bis Sonnenaufgang, Lady." Hatte er dieses Greenhorn aufklären müssen.

Als sie keine Reaktion gezeigt hatte, kamen weitere Erklärungen.

-„ Das ist ein richtiger Wallfahrtsort des Kennenlernens. Du wirst mit den besten Tanzbeats beschallt und deine Hüften und deine Füsse werden shaken! Und du wirst sehen, White Rabbit, ist ein geradezu göttlicher DJ.

-„Vielleicht kann ich meine Suche ja mit etwas geiler Musik, mit Techno, Punk, Rock oder anderen passenden Beats verbinden?" sinnierte sie und trat ein. Und dann stand auch bereits der Gratisdrink vor ihr, ein Caribean Nightmare mit viel Cola und viel Schaum vor ihr.

Sie wollte ihn haben, diesen hübschen Tänzer, dieser Tänzer, der so zurückhaltend und absolut nicht aufdringlich war. In ihrer Vorstellung sah sie sich tanzen und schmusen. Sie träumte und für Bea stand die Zeit still. Genauso hatte sie es sich gewünscht. Genauso! Sie würde es erreichen!

•

Und dann stand er neben ihr. Er war einfach da! So, als ob nichts gewesen wäre . Keine lange Zeit des Suchens, der Zweifel, der schlaflosen Nächte. -„Lange nicht gesehen!", sagte er einfach so hin und sie war ihm sofort um den Hals gefallen, als ob sie ihn seit Jahren kennen würde.

Für Bea war es wie ein Sechser im Lotto. Plötzlich passte alles wieder zusammen. Sie schwebte auf dieser so oft zitierten Wolke, und hinterfragte nichts. Sie hatte ja was sie wollte!

Jetzt begann er sie gekonnt zu umgarnen und er setzte eine verhängnisvolle Spirale in Bewegung. Sie war verknallt und dieser Typ entsprach derart perfekt dem Mann ihrer Träume, dass sie seine „Masche" nicht realisierte.

Sie war fasziniert von seiner Art sich als „Beschützer" und „Mister Right" zu geben. Selbst in der Anfangsphase ihrer Bekanntschaft redete er von „guter Erziehung", die so wichtig sei für eine perfekte Beziehung. All das passte doch so zu dem was ihr von ihrem Elternhaus mit gegeben worden war. Sie begann von Haus und Kindern zu träumen. Und genau in diesen Traum passte dieser Partner! Ein verantwortungsvoller Partner, der Vertrauen aufbaute.

-„Lass nie dein Getränk alleine an der Theke stehen, wenn du auf die Toilette gehst!"

-„Geh nachts nicht zu Fuss nach Hause. Ich zahle dir das Taxi!"

-„Ich bin immer für dich da!"

-„Nicht so viel von dem Alkoholzeugs!"

-„Du bist jetzt meine Frau. Ich sorge mich um dich!" Schleimte er, aber sie fand es sooo lieb. Es war so angenehm dieses „sich kümmern". Auf so etwas hatte sie doch immer gewartet. Eine männliche schützende Hand! Das hatte sie gewollt!

Als sie dann ganz traditionell spazieren gingen, sich an den Händen hielten, entsprach es für Bea genau dem, was sie sich unter einem Partner vorgestellt hatte.

-„ Ich brauche keinen Sexgott, ich will Vertrauen.", hatte sie ihrer Freundin einmal gesagt und nur mitleidiges Lachen geerntet. Jetzt war sie doch genau an diesem Ziel angelangt, oder?

Sie zerfloss regelrecht, wenn er Komplimente machte und merkte nicht, wie er geschickt seine vorerst wichtigsten Ziele verfolgte: Geschickt körperliche Nähe aufbauen.

In kleinen Schritten begann er auch eine Distanzierung zu ihrer Freundin aufzubauen.

-„Ich will doch nichts von der! Sie kommt mir immer so nahe!, stöhnte er genervt und Bea platzte vor Eifersucht. Also gingen sie abends in andere Clubs, in solche, in denen sie Beas Freundin nicht treffen würden und Bea gleichzeitig dem Einfluss ihrer Freundin entziehen würde. Für ihn war das ein sehr wichtiger Gedanke.

-„Sehen wir uns morgen?", hatte er sich verabschiedet.

-„Natürlich sehen wir uns morgen!" und schon war sie überaus glücklich. wartete auf die Abende. Sie dachte nur an Braunauge und alles andere trat in den Hintergrund.

•

Der Folgeabend im „ Snowflake" fing genauso harmlos an, wie die davor liegenden. Er ist wieder „Mister Charming", aufmerksam, fürsorglich. Er ist ihre grosse Liebe. Wie in einer Endlosschleife wiederholt sich das, was sie kannte, das was sie liebte.

Auch als sie auf die Toilette gehen will, seine beschützenden Sätze:

-"Lass dein Getränk nicht unbeaufsichtigt stehen."

-„Ja, ich weiss."

-„Du hast ja mich. Ich passe schon auf.", beruhigt er sie.

Sie vertraut ihm und wird später nicht verstehen können, wie dieses Vertrauen schamlos ausgenutzt wurde. Die Aussenperspektive lässt keinen Raum, dies zu verstehen.

Erst viel später werden Psychologen im Rückblick zu erklären versuchen, dass genau dies die sogenannte Loverboy- Masche ist. Sie wird erfahren, dass die der erste Schritt einer perfiden Masche war, in die sie geraten war.

„Kennenlernen – Vertrauen aufbauen – schützende Hand sein – Nähe aufbauen –Sex ausklammern."
Und dann ging alles sehr rasch und zügig. Sie kam von der Toilette zurück und ging glücklich lächelnd auf den Mann zu, der immer noch wartend an der Theke stand und ihren Drink „bewachte".
Sie trank durstig den Rest ihres Getränkes. Alles war easy, denn das Getränk war ja bewacht und nichts Verbotenes war zugefügt worden.
Sie war ja soo sicher. Und genau dieser Vertrauensvorschuss besiegelte ihr Schicksal. Das bisschen salziger, seifiger Geschmack geht unter in einem fruchtigen übersüssten Cocktail.
Wie sollte sie es auch feststellen?
GHB wirkt schnell. Sie spürt, dass sich irgendetwas verändert. Die anderen um sie herum schauen sie lächelnd an. Sie lächelt zurück und schwankte.
-„Wieder eine mit Zuviel Alkohol."
Und dann ist ihr fürsorglicher Begleiter sofort wieder für sie da. Er hilft ihr mit einem „Du musst mal an die frische Luft!". Sie hängt sich an ihn. Die Gäste um sie herum lächeln wieder vielsagend, weil sie vermuten, dass sie liebesbedürftig ist.
-„Wieder so eine notgeile, abgefüllte Tussi." Grinst einer und Yasin umfasst hilfreich ihre Hüfte und führt sie an die frische Luft. Die Personen um sie herum verschwommen.
Inzwischen nimmt sie alles nur schemenhaft war und später wird sie keinerlei Erinnerung an diese Abläufe haben. Keine Ahnung an das, was zwischen dem letzten Getränk und den darauf folgenden Stundenpassierte. War sie sexuell

bedrängt worden, vergewaltigt, mehrmals
vergewaltigt?

•

Sie war in einem fremden Zimmer aufgewacht. Sie
hatte Sex mit Yasin gehabt. Oder nicht? Sie
erinnerte sich aber auch an andere Gesichter. Alles
verlief in einer Art Parallelwelt. Sie bekam wieder
etwas zu trinken.
Ab und zu sah sie Yasin, ihren perfekten Freund,
der Ihr Komplimente und Geschenke machte. Sie
bekommt nicht mit, wie Yasin sie an die Drogen
heranführt und sie Schritt für Schritt gefügig macht.
Immer wieder austestet, wie weit er gehen kann.
Und schliesslich, irgendwann fallen die
geschickten, sehr manipulativen Sätze: „Ich
brauche deine Unterstützung!", „Du musst mir
helfen.", Ich war doch auch immer für dich da."
Sie weigert sich aber schliesslich ist es diese
Mischung aus Liebe und Zuneigung, dieser
emotionalen Druck und der zwischenzeitlich
bestehenden Abhängigkeit von Kokain, die sie
nachgeben lässt. Die Drogen, die ihr zu Anfang die
Scheu und die Hemmungen nehmen sollten, haben
sie jetzt fest im Griff.
Sie knickt ein. Sie will Yasin zeigen, dass sie ihn
liebt, dass sie ihm bei seinen vorgegaukelten
Geldsorgen helfen will. Noch glaubt sie, es ist
zeitlich begrenzt. Sie geht anschaffen und schläft
mit anderen Männern für Geld.
-„Danach werden wir glücklich sein!", träumt sie.

Jetzt hat er sie soweit! Blind vor Liebe hat der Loverboy, dieser perfekte Freund, sie in einem Netz aus Drogenabhängigkeit, Liebe, Angst und Scham gefangen, aus dem es scheinbar keinen Ausweg gibt. Yasin wird ausgetauscht gegen einen anderen einen mächtigeren Begleiter und Beschützer.

●

Und dann kam Bea nicht mehr in ihre Wohnung zurück. Das Handy lag auf dem Tisch, die Wohnung war leer. Zuerst merkte es niemand aber dann folgten die Fragen von Beas Eltern. Sie fragten bei ihrer Freundin Liliane nach.
-„Sie ist verliebt", erklärte diese. „Sie wird sich schon melden." Sie war etwas ungehalten gewesen. Einige Tage später hatte man immer noch nichts gehört und Beas Mutter traf sich mit Liliane. Liliane war ihr Kontakt, sie kannte niemand anderes. Wer sollte mehr über Bea berichten, als ihre beste Freundin.
-„ Keine Ahnung, keine What`s-App Nachrichten, keine Anrufe.", leierte Liliane die ersten Möglichkeiten, die ihr einfielen runter. Bea hatte sich zurückgezogen, hatte sie nicht mehr in ihre Unternehmungen eingeweiht. Natürlich war sie eingeschnappt.

Aber Liliane hatte sich schnell besonnen. Schließlich war sie die beste Freundin von Bea. Seit ihrer Kindheit war sie das. Und das zählte mehr als alle andere. Ihre Sorgen vergrösserten sich, traten in den Vordergrund.

Dann wendet sich Liliane um Hilfe suchend an Hans, einen gemeinsamen Bekannten aus dem IT-Bereich.

Hans wird überredet die Chat-Verläufe auf Beas Computer zu durchleuchten: „Nichts".

Sein stummes Kopfschütteln war regelrecht niederschmetternd. Die Suche wird nochmals intensiviert: „Wieder Nichts". Keine Querverbindungen, kein stimmiges Gesamtbild, nichts. Beas Mutter erinnerte sich an eine kleine Erklärung des Nichts, die ihre Tochter einmal zum Besten gegeben hatte.

-„Das NICHTS", hatte sie übertrieben oberlehrerhaft und mit erhobenem Zeigefinger begonnen, „ist wie ein Messer ohne Griff, dem die Klinge fehlt."

Nach kurzer Überlegung hatten damals alle schallend gelacht. Und jetzt stand sie hier vor dem Nichts. Und das war Wirklichkeit.

Trotzdem machte sie weiter. Zusammen mit Liliane versuchte sie die wenigen Informationen zu bündeln, alles mit allem zu verknüpfen. Sie hatten zu wenig. Sie hatten nichts.

Jetzt musste es sein, Beas Eltern gehen zur Polizei. Man nahm die Angelegenheit verständnisvoll, freundlich und zurückhaltend auf. Das war vorerst alles. Bea war volljährig.

-„In der Schweiz ist man nun mal mit 18 mündig." Der Polizist erklärte es nochmals geduldig und ausführlicher: „Früher war man erst mit 20 Jahren mündig aber seit 1996 ist es halt so! Mit 18 kann man ohne Erlaubnis heiraten, Verträge rechtmäßig abschließen, eine eigene Wohnung mieten,

hochprozentigen Alkohol und Tabakwaren kaufen, und konsumieren, kann sich in Nachtbars und Nachtclubs aufhalten." Der Polizist zog nach dieser Aufzählung die Schultern hoch, als ob er sich für dies alles persönlich entschuldigen müsste.
-„Prostitution nun mal laut Gesetz kein Problem.", fügte er erklärend an.
Noch wurden die Ermittler somit nicht tätig. Noch fand man es nicht auffällig, dass eine verliebte, junge Frau möglicherweise mit ihrem Liebhaber unterwegs war.
-„Mädchen laufen ständig weg. Vielleicht ist sie einem Jungen nachgelaufen!"
Den Ausdruck „durchgebrannt" hatte der junge Beamte vermieden. Aber die für die Eltern äusserst schmerzhafte Bemerkung: „Sie wird es halt freiwillig machen.", war trotzdem gefallen.
-„Sie müssen das verstehen, mit 18 gehört sie nicht mehr ihnen!" gab dann den Ausschlag.
-„Sie ist doch keine Stronzetta, keine Schlampe.", schrie Beas Freundin in ohnmächtiger Wut den Polizisten an. Und der Polizist erwidert genervt: "Sie stellen sich das alles sehr einfach vor. Sie haben doch nur einen äusserst vagen Verdacht, sie könnte ein Opfer sein. Sie kommt nicht mehr nach Hause. Gut, aber was erwarten sie nun von der Polizei?"
Mit anderen Worten: Polizei gleich Fehlanzeige.
Noch immer ermittelten die Behörden nicht.

•

Jetzt wurde Beas Mutter krank vor Kummer. Sie brach zuhause in ihrer Küche zusammen.

Auf ärztlichen Rat zog sie sich für einige Tage in eine Klinik nahe Basel zurück.
Es sollte sich zeigen, dass dieser Entscheid in doppelter Hinsicht ihr Glück war und die Angelegenheit beschleunigen würde.

Die Suche

Was man sucht – es lässt sich finden,
was man unbeachtet lässt – entflieht!
Sophokles

Abend ward`s und wurde Morgen,
Nimmer, nimmer stand ich still,
Aber immer blieb`s verborgen,
Was ich suche, was ich will.
Friedrich von Schiller

Ein steter Strom schlechter Erfahrungen und
Liliane hatte genug!
Sie war entschlossen, sich alleine auf die Suche
nach ihrer Freundin zu machen. Jene wenigen Orte,
an denen sie beide zusammen gewesen waren,
waren bereits erfolglos geblieben.
Nichts, absolut nichts. Sie begann sich immer
grössere Sorgen zu machen, aber sie erfuhr auch
nicht viel über dieses Braunauge.
Drogen - Weiberheld – Verführer – Polizei war
bereits im Spiel. Jeder Befragte fügte ein kleines
Puzzleteilchen hinzu, aber alles unsicher und man
konnte nichts nachweisen. Und nach jedem
Gespräch am Schluss ein ernüchternder Satz, der
sich immer und immer wieder wiederholte: „Aber ich
weiß das auch nur vom Hören-Sagen, ich will nichts
damit zu tun haben."

Sie erkundigte sich in ihrem Bekanntenkreis, welche Treffpunkte zur Zeit angesagt waren. Das Ergebnis war eine überschaubare Menge. Der Grund war schnell gefunden: Ihre Bekannten bildeten eine eher seriöse Gruppe von Discobesuchern und schlugen ihr somit auch seriöse Orte vor.

Sie notierte trotzdem sämtliche Vorschläge fein säuberlich in ihrer kleinen roten Agenda. Für jeden Vorschlag reservierte sie eine neue Seite, um diese später mit Erfahrungen zu füllen. Jene Orte, die sie absolut nicht kannte, würde sie zuerst besuchen. Schloss aber auch jene nicht aus, die ihr weniger erfolgsversprechend zu sein schienen.

Einen Tag später war ihr kleines Büchlein bereits halbvoll. Am nächsten Abend würde sie losziehen. Bereits nach den ersten Beiden – dem „Kiwi" und dem „Thirty-Eight" – manifestierten sich bereits die ersten Fehleinschätzungen: Sie würde deutlich mehr Zeit, Hilfe und Geld benötigen.

Sie wollte niemanden gefährden, da sie vorerst die Gefahrenlage nicht einschätzen konnte. Zudem hatten die Vorlesungen begonnen und ihr Testatbuch war übervoll. Glücklicherweise fand sie einen Kommilitonen, der wenigsten die morgendlichen Vorlesungen eine Woche lang für sie mitschreiben würde.

So konnte sie wenigstens die langen Nächte in denen sie durch die Clubs streifen müsste, kompensieren können.

In einer Telefonaktion befragte sie Kommilitonen und Bekannte, welche In-Orte zur Zeit angesagt waren. Aus unzähligen Vorschlägen wählte sie jene mit Musik und Tanz aus und strich jene, die mit „zwangslosem gemütlichem Beisammensein", mit gepflegten Drinks, mit „Semester-Aperos", mit Hits aus den 90er Jahren beschrieben wurden. Auch jene, die mit „Liedern aus der Kindheit" oder mit „Musik der Spice Girls", „Micki Krause" oder „Snap" punkten wollten, konnten gestrichen werden. Der von ihr gesuchte Türke würde sich in dieser Umgebung wahrscheinlich absolut nicht wohl fühlen.

-„Aussortieren, wie bei Aschenputtel. Die guten ins Töpfchen und die schlechten ins Kröpfchen", murmelte sie und strich die „schlechten".

Aber trotzdem blieben erschreckend viele für ihre Suche übrig. Da von diesem Rest viele in dem für sie eher unbekanntem Kleinbasel lagen, hatte sie nun ein weiteres Problem zu bewältigen.

Sie entschloss sich, ihre ersten Versuche auf die Klybeckstrasse, Sperrstrasse, Messeplatz und Klingental zu legen.

In den dortigen Diskotheken, Lounge Bars, Tanzlokale, Night Clubs, würde sie versuchen, etwas über ihre Freundin zu erfahren. Das Vorhaben, in chilliger Atmosphäre von tanzintensiven jungen Leuten etwas zu erfahren war nicht nur schwierig sondern auch zeitraubend.

Über all dem hing ein Damoklesschwert. Es konnte gefährlich werden, wenn man den falschen Leuten mit gezielten Fragen auffallen würde. Zudem erntete sie bei den meisten der Gäste völlig uninteressiertes Kopfschütteln.

Nach zwei Nächten und anschliessenden Uni-Besuchen war sie regelrecht „breit". Sie musste aufgeben, um sich selber zu schützen.

Dann, auf dem Rückweg vom T26, nahm sie ganz in der Nähe ihrer Wohnung noch einen Absacker. Und genau hier, an einem Ort an dem Sie niemals gesucht hätte erfuhr sie etwas. Und genau hier, an diesem fasst vertrautem Ort, liess ihre Aufmerksamkeit nach.

Schliesslich hatte sie, nach einer langen Nacht voller Fragen und ohne Antworten, auch hier noch ein letztes Mal gefragt. Irgendwie eine Art Automatismus musste es wohl gewesen sein.

-„Ich suche meine Freundin, die einen jungen Türken getroffen hat und seitdem spurlos verschwunden ist. Nach langem Suchen muss ich jetzt doch zur Polizei gehen.", hatte sie ihnen erzählt.

Die beiden Typen neben ihr schüttelten den Kopf, wie unzählige bereits vor ihnen, aber beim Weggehen hörte sie den grösseren irgendetwas mit "bok" ausrufen. Dies wiederum interpretierte sie in Richtung „keinen Bock haben". Das war völlig falsch! Auch den zur Seite schweifenden Blick auf seinen Freund sah sie nicht.

Aber erst viel später sollte sie den Grund hierzu erfahren. Ein einfach klitzekleines Sprachproblem war es gewesen, das schreckliche Folgen nach sich ziehen sollte.

Sie trank ihren alkoholfreien Absacker - Cocktail aus und ging, noch kurz zur weiter hinten gelegenen Toilette. Als sie im Gang vor dem grossen Spiegel stand, kicherte sie laut über ihr ihr lustig verzogenes Spiegelbild.

-„Beschwipst von einem Ipanema! -„Beschwipst von einem Ipanema! Nur Ginger Ale. Kein Cachaca.", dachte sie. Sie war absolut nicht beunruhigt. Und dass sie den Spiegel nicht mehr richtig fixieren konnte schrieb dem weiter zurückliegenden Alkoholkonsum zu.

-„War doch nicht in gefährlicher Höhe." Kicherte sie. Und wieder fand sie dies alles lustig. Sie fühlte sich enthemmt und bewegte sich wie in Watte gepackt. Und auch als die drei Typen von der Bar plötzlich hinter ihr standen und sie in die Mitte nahmen, liess sie es teilnahmslos geschehen. Sie hängte sich willenlos bei ihnen ein und liess sich laut plappernd mitziehen.

Für die folgenden Stunden hatte sie einen kompletten Filmriss, der Blackout kam schlagartig. Sie erinnerte sich später, als sie gefunden wurde, an absolut keine Einzelheiten. Nicht einmal bruchstückhaft war ihr Erinnerungsvermögen an die folgenden schrecklichen Stunden zu aktivieren.

•

Das Tagebuch

Die schönsten Träume von Freiheit
werden im Kerker geträumt.

Friedrich von Schiller

Natürlich wusste auch Beas Mutter, dass sie eine hübsche Tochter hatte. Welche Mutter ist davon nicht überzeugt. Bea war für sie eine Tochter, die für sie immer etwas ganz Besonderes bedeutet hatte. Und sie war so stolz auf ihre Tochter. So stolz!
Letztes Jahr am Abschlussball des Töchterinstituts nach bestandener Matur, wurde sie zur Miss Swiss-School gewählt und allerseits bewundert. Und ihr Ehrgeiz hatte ihr zusätzlich noch einen geradezu exzellenten Notendurchschnitt beschert.
Bea schrieb damals ihrer Mutter: „Ich bin glücklich, ich bin sooo glücklich, ja ich bin glücklicher, als ich je gewesen bin. Und ich bin froh, hier so viele nette Freunde zu haben."
Und dann folgte etwas, das Beas Mutter kurzzeitig etwas ins Grübeln brachte: „Jetzt muss ich nur noch selbstsicherer im richtigen Leben werden.", hatte Bea geschrieben.
Was meinte sie mit „Im richtigen Leben"?
Frau Brunetti hatte es nicht wichtig genommen. Sie lächelte über die Bemerkung, nahm sich aber trotzdem vor, ihre Tochter auf dem Weg gegen die

Schüchternheit stark zu unterstützen. Diese Schüchternheit war etwas, was sie selber auch ab und zu bei ihrer Tochter bemerkt hatte. Aber als Warnzeichen hatte sie es damals nicht gesehen, sondern eher als eine Tugend.

•

Beas Mutter lässt nicht locker und beginnt alles zusammen zu suchen, was sie mit dem plötzlichen Verschwinden ihrer Tochter in irgendeinen Zusammenhang bringen kann. Sie gräbt sich nahezu ein in die Vergangenheit der letzten Zeit, zumindest in die Vergangenheit der letzten Tage, seit sie aus dem Internat nach Basel gekommen ist. Sie sucht Verbindung zu Freunden auf, zu Freunden, die ihrerseits Clubs durchkämmten. Während die Freunde die Clubs abklapperten sammelte Beas Mutter Unterlagen. Sie sichtet Kinderbilder und Erwachsenenbilder, sie befragt jene, die ihre Tochter kennen, führt kurze Gespräche, führt lange Gespräche. Kein Ergebnis. Nichts, aber auch gar nichts, was zu irgendwelchen Antworten oder auch zu kleinsten Hinweisen führen könnte. Unzählige Stunden und alles vergebens. Die Folge war, dass Frau Brunetti sich immer mehr zurück zieht, sich leer fühlt und schliesslich eines Morgens zu ihrem Mann sagt: „Ich glaube wir haben Bea verloren." Aber sie machte trotzdem weiter. Mutterliebe hört nicht einfach auf! Nie!

Gerade hatte sie in Beas Wohnung aufgeräumt, aus lauter Gewohnheit hatte sie die Sofakissen mit einem Schlag, mit einem Handkantenschlag, anpassen wollen, als sie etwas Hartes im Kissen erfühlen konnte. Sie hielt inne, schaute verdutzt auf das Kissen, öffnete den seitlichen Reißverschluss an der Seite des Kissens und fand ein kleines, schwarzes Büchlein. Offensichtlich etwas, das Bea dort vor fremdem Blicken versteckt hatte. Dieser Handkantenschlag, sollte dem Kissen jeweils die endgültige Form geben. Und genau diese senkrechte Kerbe in der Mitte, diese „Bünzliform", die Bea immer so sehr verachtet hatte, sollte jetzt der Suche eine Wende bringen?

-„Wie das Leben so spielt", murmelte Frau Brunetti und nahm sich zögernd das kleine abgegriffene Büchlein vor. Es war sicher etwas sehr persönliches? Durfte sie schnüffeln?

Sie hatte sich zu früh gefreut. „Mamas Rösti" stand auf der ersten Seite. Ein Kochrezept! In fein säuberlicher Schrift folgten die Zutaten und die Herstellung von Beas Lieblingsrösti.

Dann ein weiteres Rezept mit einer Variante für „Berner Rösti".

Einerseits freute sich Beas Mutter darüber, dass ihre Tochter diese Rezepte derart geliebt hatte, andererseits überwog die Enttäuschung nichts gefunden zu haben, dass ihr bei der Suche helfen würde. Gefrustete blätterte sie automatisch weitere Blatter durch. Und dann war plötzlich alles verändert!

-„Ich muss es einfach aufschreiben. Es muss sein.", lautete der erste Satz auf einer der folgenden

Seiten. Dick unterstrichen waren diese wenigen Worte. Und diese Worte bedeuteten Erfolg!
Frau Brunetti wartete nicht, bis sie zuhause war. Sie konnte nicht warten! Das war nicht möglich. Sie war wie elektrisiert, setzte sich innerlich zitternd, auf das Sofa und begann zu lesen. Was sie las war erfreulich und schmerzhaft zugleich.
Jetzt erfuhr sie von einer ganz anderen Bea. Von einer Bea mit einer sehr zerbrechlichen Seele. Offensichtlich waren für Bea die ersten Monate im Institut, so fern von zuhause, der reine Stress gewesen. Bei Besuchen ihrer Mutter hatte sie sich glücklich gegeben, um nicht zu beunruhigen. Dass sie dünn und blass geworden war hatte ihre Mutter jeweils dem schlechten Essen zugeschrieben.
In den nun aufgefundenen Niederschriften klang es völlig anders. Bea hatte an Aktivitäten ausserhalb des regulären Lehrplans nahezu nicht teilgenommen. Klassenzimmer, Klausuren, Lehrer, alles wiederholte sich und lief auf das Gleiche hinaus. Sie hatte sich zurückgezogen und sehnsüchtig auf die seltenen Besuche der Eltern gewartet. Sie versuchte niemanden zu imponieren, machte sich nichts aus Kleidung. Etwas Mascara und manchmal hohe Absätze, das war`s. Im Institut war sie „die Schüchterne", die Stille, die Unaufdringliche.
Frau Brunetti machte sich Mut zum Weiterlesen und ihre Neugier wurde geradezu hypnotisch, wurde zur Sucht.
-„In einem schüchternen Kopf geht vieles vor sich. Schüchterne haben hunderte von Ideen, sind kluge Köpfe.", flüsterte sie, während sie weiter blätterte.

Frau Brunetti lehnte ihren Kopf voller Trauer an die Lehne des Sessels und zwang sich, ihre Aufmerksamkeit wieder auf das Buch zu richten. Sie erfuhr, wie ihre Tochter versuchte hatte, einfach nur nett zu sein. Nett zu allen. Sie sah die soziale Lust die auf ihr geruht hatte, anderen zu gefallen.

-„Mein Gott, das Mädchen hat sich quasi für ihre Eltern neu erfunden. Sie wollte ihre Eltern glücklich machen und war dabei selber unglücklich. Sie muss von ihrem Internat aus wie durch ein Fenster, durch dickes Glas, in eine andere Welt geschaut haben."

Bea offenbarte diesem Tagebuch viel Intimes, vieles, das ursprünglich ganz sicher nicht für fremde Ohren gedacht war und füllt ganze zehn Seiten des Büchleins mit ihrer akkuraten, geradezu eleganten Handschrift.

Frau Brunetti war gespalten zwischen Interesse und schlechtem Gewissen, als sie die Zeilen las. Aber das Interesse siegt. Sie schob alle Bedenken zur Seite und drang weiter in das Buch ein.

Dann ein Zeitsprung. Bea beschrieb einem gemeinsamen Clubbesuch mit ihrer Freundin Liliane. Einen Clubbesuch, von dem Bea berichtete, dass er mit einem kleinen Krach mit ihrer Freundin Liliane geendet hatte.

-„Ich bin sehr, sehr traurig darüber. Auch wenn es nur ein klitzekleiner Krach war. Nein, es war lediglich eine Unstimmigkeit.", schrieb Bea. Sie hätte gar nicht verstanden, was ihre Freundin Liliane so gestört hatte.

Und dann, als ob irgendein Schalter umgelegt worden war, verändert sich auch ihr Erzählstil. Bea begann zu schwärmen, ihre Schrift wurde krakeliger. Sie kümmerte sich nicht mehr um Flüchtigkeitsfehler. Sie schien plötzlich eine Grenze überschritten zu haben und entwickelte eine Art Tunnelblick, in dem sie Unnötiges um sich herum völlig ausklammerte.

Es folgten geradezu läppische Schwärmereien, derart kindlich naiv, dass Frau Brunetti voller Schmerz ausruft: „Das ist nicht meine Tochter, die ich kenne! Mein Gott, die Pubertät hatte doch vor vielen Jahren schon zugeschlagen."

Und dann ein erster brauchbarer Hinweis. Bisher hatte sie immer von einem mysteriösen „Braunauge" geschrieben. Jetzt, ganz kurz, wurde sie konkreter. Fast hätte Frau Brunetti das wichtige Detail überlesen.

Bea schreibt:" Seinen richtigen Namen hat er mir bereits am ersten Abend ins Ohr geflüstert. Ich blöde Kuh habe ihn nicht richtig verstanden."

Trotz aller widrigen Umstände war Frau Brunetti einen kleinen Moment lang glücklich. Denn Bea hatte nicht Ypsilon gesagt, sondern die Version ihrer französischen Wurzeln verwendet.

„I grec", das griechische I, das man oft in Basel hört für Y. Der Vorname des jungen Mannes, den Bea so schwärmerisch Braunauge nennt, fängt also mit Y an.

-„Ein Hinweis? Vielleicht ein Türke?", fragte Frau Brunetti sich selbst. Hastig liest sie weiter. Bea berichtet ausführlicher von „Braunauge", dass sie ihn dann einfach mal „Yagiz" nennen würde.

Zumindest, solange sie hier in diesem Büchlein über ihn schreiben würde.

-„Irgendwann werde ich ihn nochmal fragen. Und der Name Yagiz ist doch gut zu behalten." schreibt Bea, da sie ihn von einem Animationsfilm kennen würde.

Frau Brunetti verstand nichts über diese eigenartigen Namen. Frau Brunetti war regelrecht überfordert von diesem Hinweis. War ja auch völlig egal. Ein Vorname der mit Y beginnt war immerhin ein Anfang.

Darauf könnte sie aufbauen. Vielleicht andere noch mehr?

Sie rief spontan Beas Freundin an und fragte nach.

-„War der junge Mann, den Bea am Abend im Club getroffen hat ein Mann dessen Vorname irgendetwas mit Y anfing?" fragte sie.

-„Wie Y? sagte Liliane.

-„Sie hat so etwas geschrieben, Y".

Einen Augenblick war es still am anderen Ende.

-„Ja!" schrie Liliane „Ja, das ist Yasin, ja genau, Yasin!" schrie sie ins Telefon.

-„Yasin?"

-„Ja! Ich habe es nicht gehört dass er seinen Namen gesagt hatte."

-„Und wieso weisst du es denn?", Frau Brunetti schrie enttäuscht ins Telefon.

-„Warte, warte! Nicht so schnell! Ich habe es zwar nicht gehört, wie er seinen Namen genannt hatte, aber als er kurz zu uns an die Theke kam und seine Hand ausstreckte zu den Getränken, da stand auf seinem Unterarm ein tätowierter Name. Und das war „Yasin". Da bin ich ganz sicher! Es war gross

geschrieben! Es war noch ein zweiter Name schräg
darunter, aber an den kann ich mich nun wirklich
nicht erinnern. Aber dort stand definitiv „Yasin"!"
Irritiert blickte sie aus dem grossen Fenster hinunter
auf den weiter hinten liegenden Barfüsserplatz.
Dann wurde sie ganz ruhig.
Das Ritual dieser vielen Fragen hatte sich gelohnt.
Sie hatte in dem grossen Wollknäuel den Anfang
des Fadens gefunden und konnte nun beginnen es
aufzuwickeln.

Reha

Punkt sieben Uhr erklang ein durchdringendes Hornsignal! Militärisch!
Unter den unzähligen, in Netz zur Verfügung stehenden Weckdiensten hatte Guido sich vor einiger Zeit für einen ganz speziellen Sound entschieden: Guido wurde sozusagen von Joseph Haydn geweckt.
Sein Handy spielte, wie immer, das Hornsignal „Reveille", das in vielen Armeen als Weckruf genutzt wird. Es bestehen keine Belege, aber manche glauben fest daran, dass Haydn die britische Version von „Reveille" komponiert hat. Schliesslich hatte er gegen Ende des 18.Jahrhunderts eine herausragende Position bei Hofe gehabt.
Guido wusste jetzt, dass es genau 07:00 Uhr war, er hatte dieses Hornsignal um eine Stunde vor jener Zeit zu der es üblicherweise gespielt bei der Armee

gespielt wird, gestellt. Und das ist in der Regel morgens 08:00 Uhr.

Guido „hing" immer noch etwas am Militärischen. Er war ein ehemaliger Ermittler, ein unter Kollegen und bei Vorgesetzten sehr geschätzter Ex-Polizist. Ein Typ, der oft davon profitierte, dass er auf Andere äusserst harmlos wirkte. nicht zu gross, nicht zu bullig, seine Haare kurz und widerspenstig, an den Schläfen zeigte sich ein erster Grauschimmer. Der Grauschimmer war es, der speziell bei dem weiblichen Geschlecht, den Eindruck von Seriosität vermittelte.

Vor Jahren, er stand damals kurz vor seiner Beförderung, war er über Nacht in den Fokus der Öffentlichkeit geraten, als seine damalige Freundin ermordet worden war. Die polizeilichen Ermittlungen, an denen er wegen der persönlichen Verwicklung nicht mitarbeiten durfte, schleppten sich über Monate ergebnislos dahin und gerieten schliesslich völlig ins Stocken.

Er konnte das nicht akzeptieren, hatte seine Kampftasche ergriffen, seinen Job gekündigt und einfach gegangen. Danach war sein Motiv nur noch Rache gewesen und er hatte nur noch aus tierhaften Instinkten bestanden.

Oft hatte er nicht über diese Zeit geredet, aber sein Kommentar hatte häufig im Zitieren eines Satzes von Buddha gewesen: „Rache ist wie Gift schlucken und warten bis der andere stirbt." Danach war dann meistens eine nachdenkliche Stille eingetreten und man hatte, wahrscheinlich aus unterschiedlichsten Gründen, das Thema gewechselt.

Guido war ein zwar kantiger aber trotzdem sehr
verletzlicher Mensch, der stets nach Gerechtigkeit
strebte. Er ermittelte weiter und immer wieder kam
ihm dabei seine Rache in die Quere.

Es kam, wie es kommen musste und er geriet
zwischen die Fronten von Gut und Böse, zwischen
Mord und Gesetzestreue. Schlussendlich hatte er
es geschafft, dass der Mörder seiner Freundin
gefasst werden konnte. Sein Suchen nach
Gerechtigkeit in eigener Sache, nach Rache, hatte
ihn jedoch dazu verführt, die Grenzen des Erlaubten
zu stark zu seinen Gunsten zu verschieben.
Der Mörder seiner Freundin war eines Morgens
schwer verletzt vor einem Basler Polizeirevier
gefunden worden. Jemand hatte ihn mit
Handschellen an eine Strassenlaterne fixiert.
-„Ich schenke dir diese Acht. Vergiss nicht, zu
gestehen.", hatte Guido ihm ins Ohr geflüstert und
war verschwunden.
Der an der Strassenlaterne hängende konnte oder
wollte sich jedoch nicht erinnern, wie er dorthin
gekommen war, wer ihm die Verletzungen
beigebracht hatte, aber er gestand bereits am
nächsten Tag den Totschlag.
Dass Guido dieses Geständnis erzwungen hatte,
wurde vermutet, konnte jedoch nie bewiesen
werden. Sein Fall war tagelang auf den Titelseiten
der Tagespresse. „Wer ist der unbekannte Rächer?"
titelten die Tageszeitungen damals.
Als er schliesslich nach seinem Freispruch, einen
Freispruch zweiter Klasse, da man ihm nichts
nachweisen konnte, den Gerichtssaal verliess, hatte
seine ehemaligen Kollegen ein langes Spalier

gebildet und geklatscht bis die grosse Tür des Gerichtsgebäudes hinter ihm zugefallen war. Die Tür des Gebäudes war zugefallen, die Türen der Sympathie waren für ihn jedoch nie zugefallen. Es folgte eine schmerzhafte Zeit. Dann hatte er auch diese Zeit überstanden, war eine Zeit im Ausland untergetaucht, dort gearbeitet und auch seine anfänglichen Alkoholprobleme in den Griff bekommen. Nach dieser Phase war sein Heimweh zu gross geworden und er hatte er sich als privater Ermittler in Basel eine Existenz geschaffen.

•

Es war noch ruhig in der Reha und Guido hatte direkt von seinem Bett aus in die ersten Sonnenstrahlen geschaut, die gerade hinter der Ecke des gegenüberliegenden Hauses hervor gekommen ware und sein Zimmer von einem Moment auf den anderen in eine geradezu heimelige Grotte verwandelt hatten. Der Morgen schien knackig und frisch zu werden.
Solche Art von Gedanken war nicht seine Art, und er hatte trotz der angenehm warmen Sonnenstrahlen verdriesslich gebrummelt:
-" So, jetzt langt`s!"
Er hatte damit nicht einmal seine momentane, aktuelle Gesundheitssituation angesprochen, sondern sein Brummeln war auf das sich lang hinziehende, unerträglich langweilige Warten bis zum Ende seiner Rehamassnahme bezogen.

Ein kurzer Check seiner Messages, seine E-Mails, brachte nichts Wichtiges. Automatisch stellte er sein Radio an und Radio Regenbogen brachte die neuesten Nachrichten. Auch die regionalen brachten nichts Interessantes. Er verschwand kurz ins Bad.

Dann hatte er noch einen schnellen Milchkaffee hinter sich gebracht, mit einem Buttergipfeli und etwas Konfi, dann noch zweimal kurze und langweilige Therapie im dritten Stock bei den Schwestern und das allmorgendliche Blutdruckmessen, anschliessend wieder zurück in sein Zimmer. Alles war seit Langem Routine für ihn. Vorgeschriebene Routine. Aber Pflichtroutine.

Rein in die Wanderschuhe, leichte bequeme Hosen, einen warmen Pulli, einen Anorak, schnell noch eine Flasche stilles Wasser in die Tasche gesteckt und anschliessend war er losgezogen. Hetzerei, aber geschafft.

Durch den Haupteingang wollte er die Klinik aus gutem Grund heute nicht verlassen. Aufkommenden Fragen versuchte er ebenfalls auszuweichen.

Das alltägliche Mantra mit Patienten von „Wie geht`s?", Blutdruck wieder 120 zu 80?" Wie lange haben Sie hier noch?" und die leidvoll wiedergegebenen Krankengeschichten, konnte er so langsam nun wirklich nicht mehr hören.

Er ging die schmalen, verwinkelten Gänge der Reha weiter hinten durch die Klinikräume und wollte gerade vorbei an dem dort angegliederten Cafe, als ihm siedend heiss einfiel, dass er höchstwahrscheinlich und genau hier, Schwester

Ingrid begegnen würde. Nur noch wenige Schritte trennten ihn von dieser Begegnung, als er stehen blieb.

Schwester Ingrid, die Nachtschwester hatte er vergessen.

-„Gottfriedstutz!", Guido fluchte.

Schwester Ingrid gönnte sich jeweils nach einer langen, arbeitsreichen Nacht, kurz bevor sie die Klinik verliess, hier noch einen grossen Milchkaffee, um sich dann endgültig nach Hause zu begeben.

-„Etwas runter kommen.", nannte sie es.

Das Alles wäre ja noch ganz normal gewesen, aber Schwester Ingrid war nicht einfach eine Schwester sondern eben eine ganz spezielle Schwester. Sie war ein heißer Feger! Eine Krankenschwester tituliert man normalerweise nicht heisser Feger". In diesem fall war das anders. Guido hatte sie in der zweiten Woche seines Aufenthalts in der Reha näher kennen gelernt. Und was für ein Kennenlernen!

Bereits in der ersten Woche seines Aufenthalts, jener Zeit in der er sich nahezu nicht bewegen konnte, war sie zweimal nachts in sein Zimmer gekommen und hatte mit einem „Hallo, ich bin Schwester Ingrid, alles in Ordnung?", jeweils das Kopfkissen aufgeschüttelt, wieder neu gerichtet und geschaut, ob links und rechts am Bett alles in Ordnung ist. War ja alles noch normal.

Beim Richten des Kopfkissens musste sie sich dann etwas zu ihm runter beugen und er war dann jeweils ihrem Busen mit dem Gesicht sehr nahe gekommen. Ein wirkliches Monstrum von Busen war es. Ob der oberste Knopf, der immer offen stand, mit Absicht offen gelassen war oder nicht, jedes Mal wurde es ihm heiss. Aber wie gesagt, die erste Woche war eben eine Woche, in der er sich nicht bewegen konnte. Er konnte denken, mehr nicht.

Anfangs der zweiten Woche, als er hinten in dem kleinen Pavillon mit einigen weiteren Rauchern seine morgendliche Zigarette genoss, hatte er jeweils die Gespräche der anderen Raucher mitbekommen. Männergespräche! Grossspuriges Gequassel! Eben Männer mit viel Phantasie und viel Zeit zum Reden! Er hatte sich nicht beteiligt. Aber er hatte es mitbekommen.

Und immer wieder tauchte zwischendurch der Name "Schwester Ingrid" auf, Schwester Ingrid, der heiße Feger! Schwester Ingrid, heisser geht's nicht! Und immer wurde davon geredet, wie ihr oberster Knopf am weissen Kittel offen stand. Was das wohl bedeuten könnte. Jeder hatte vermutet es wäre nur für ihn.

-„Träumt weiter", hätte er gerne gesagt. Aber er hatte sich mit Kommentaren zurück gehalten. Wohl oder übel.

Und endlich ging es ihm dann körperlich besser. Noch ein Tag und dann wartete er quasi jede Nacht, bis Schwester Ingrid kam und er ihren Busen begutachten konnte. Ein Busen, der es wert war, besondere Beachtung zu finden!

•

Und dann ging es irgendwann einfach nicht mehr. Ihm ging es besser und nur Begutachten? Dann wollte er es einfach wissen:
- „Schwester Ingrid, da sind sie ja", begrüsste er sie, „jetzt habe ich aber wirklich gedacht sie kommen heute nicht; schön, dass sie da sind".
Ein blöder Anfang, na klar! Er hatte lange nach einer interessanten Begrüssung gesucht. Etwa „Hallo Schwester, lange nicht gesehen, ha,ha,ha!", Hallo Schwester hab schon auf sie gewartet, das Kopfkissen hat zu viele Falten, ha,ha,ha.", oder ähnlichen Blödsinn. Aber als sie jetzt neben dem Bett stand wusste nichts Besseres und es war ihm eigentlich auch völlig egal. Sie musste es ebenfalls irgendwie bereits vorher schon gemerkt haben. Sie blieb stehen und auf ihr Gesicht wurde ein Lächeln gezaubert. Kein Alltagslächeln aus der Schwesternausbildung sondern eins, das bis zu ihren Augen mit den kleinen Krähenfüssen reichte.
-„Jetzt geht es ihnen aber schon deutlich besser", meinte sie, klopfte noch zweimal auf das Kissen und....nein, und sie ging nicht, sie blieb stehen. Was machen? MacGyver flüsterte ihm ins Ohr: „Rotes Kabel oder blaues Kabel?"
Und Guido klopfte ebenfalls mit der linken Hand auf das Bett, auffordernd, erwartungsvoll, und auch etwas frech. Jetzt war`s ihm egal.
Sie machte etwas, was sie sicher nicht durfte. Ihm aber war auch das völlig egal: Sie setzte sich auf die Bettkante!
Er spürte ganz leicht die Wärme ihres Körpers und sie lächelte immer noch. Sie lächelte nicht einfach beruhigend vor sich hin, wie Krankenschwestern es

oft machen. Er interpretierte es als wissendes Lächeln. Ja, genau, sie lächelte irgendwie wissend. Und sie lächelte ihn an!

Sie wusste, was sie wollte. Er wusste, was er wollte. Nur wusste er nicht, was er sagen sollte, wie er es ihr klar machen sollte. War aber auch nicht notwendig, sich diesbezüglich Sorgen zu machen.

-„Ihnen geht es besser, nicht wahr?", wiederholte sie ihre Frage, auf die sie sicher keine Antwort erwartete.

Und richtig, er konnte nur krächzen.

-„Ja, ja, oh ja"

Sie blieb sitzen, lies ihre Hand auf dem Kopfkissen ruhen und schaute ihm in die Augen. Durch diese leicht nach vorne gebeugte Position wurden noch weitere Teile ihres Busens sichtbar. Guido sagte nichts.

-„Sie sind der letzte meiner Patienten, bevor ich nach Hause gehe", flüsterte sie und ihre Hand rutschte nach unten. Das war doch verrückt! Er bewegte sich nicht.

Ihre Hand verschwand unter der Bettdecke. Sie streichelte ihn vorsichtig und wartete, bis er gross wurde. Guido lag da und rührte sich nicht, schwieg und blinzelte zur Tür.

-„Keine Angst", meinte sie, „die Tür ist zu, entspann dich!" Sie sagte „du" und sie streichelte.

-„Bleib noch!", wollte er etwas später sagen, aber sie legte ihm den Zeigefinger auf die Lippen, blieb noch kurze Zeit bei ihm. Dann hatte sie auf ihn runter gelächelt, liebevoll über sein Gesicht gestreichelt und geflüstert: „Ich komme ja wieder."

Mit einem wiederholten „Ich komme morgen wieder und auch gerne.", war sie aus dem Zimmer gehuscht. Guido hatte ihr, eifersüchtig auf alle jene, die sie jetzt betrachten könnten, nachgeschaut.

●

Das war der Anfang dieses wirklich verrückten Verhältnisses gewesen. Und sie war wirklich wieder gekommen. Zwar etwas später, aber sie war gekommen. Diesmal hatte sie gar kein Licht gemacht, sondern der Lichtschein vom Gang streifte kurz ihre Figur, dann ging die Tür zu und er hörte sie nur noch leise zu ihm ans Bett schleichen. - „Ich bin daahaa", flüsterte sie. „Wie versprochen", und dann wiederholte sich wie ein Blueprint das Vorgehen der vergangenen Nacht. Und Guido genoss es.
Bevor sie ging beugte sie sich zu ihm hinunter und flüsterte: „Nächste Woche habe ich keine Nachtschicht. Wie wäre es, wenn du mich tagsüber besuchst, ich wohne in der Gegend? Komm vorbei. Ich schreibe es dir auf, wo ich wohne."
Und dann war sie auch bereits verschwunden. Sie war so sicher, dass er kommen würde, dass sie gar nicht gewartet hatte, ob er zustimmte oder nicht. Sie ging davon aus, dass er kommen würde. Schließlich hatte sie mehrere Nächte hintereinander sein Stöhnen gehört und sie wusste, er würde kommen. Und jetzt war Guido auf dem Weg, eine seit langem geplante Wanderung zu unternehmen. Er ging den langen Gang hinunter, zwei Treppen hoch, nach rechts, nach links und dann kurz bevor er nach

draußen durch das vorgelagerte Cafe gehen wollte
schaute er doch noch kurz durch die Glastür in das
an die Klinik angegliederte Cafe hinein. Und jetzt
sah er sie dort stehen!
Im ersten Moment hatte er sie gar nicht erkannt. Sie
trug keinen weißen Kittel mehr und erstmals sah er
ihre komplette Figur. Und was er sah gefiel ihm
wirklich. Er mochte grosse Hinterteile und sie hatte
ein mächtiges, grosses Hinterteil und stellte es
offensichtlich gerne zur Show in dieser engen, roten
Hose. Er riss sich los von diesem Anblick. Kostete
ihm Mühe aber er wollte wandern.
-„ Ich will wandern, ich will wandern.", dachte er
verbissen, beschleunigte seinen Schritt, schaute
nicht hin, zu dieser süssen Ablenkung und liess das
Cafe rechts liegen.
-„Nicht zurück blicken!" Fast hätte er dabei noch mit
den Zähnen geknirscht.
Er wurde langsamer, beruhigter und jetzt ging er in
normalem Tempo weiter, auf den langen, grossen
Turm zu, der ihn nach oben bringen würde. Das
heisst, bisher hatte er ihn nach oben gebracht, der
praktische Aufzug innerhalb des Turms.
Diesmal würde er die Treppen nehmen. Das war
schon eine ganz schöne Anstrengung, aber er
wollte gesund werden, er wollte mit Macht gesund
werden da gehört halt etwas Treppensteigen dazu.
Der Aufstieg war in Etappen von sieben mal zehn
Stufen unterteilt. Und das, was früher per Aufzug
eine einfache Sache war - in Sekundenschnelle war
man oben - musste diesmal etwas mühevoller
erledigt werden. Er hatte es ja so gewollt! Guido
schnaufte, aber dann war er oben und blickte stolz

zurück nach unten. Er hatte es geschafft, er musste nicht viel schnaufen, war auch nicht übermässig außer Atem. Jetzt konnte es weiter gehen.

Bereits nach kurzer Zeit hatte er die letzten Häuser des Dorfes hinter sich gelassen und erst dann realisierte er, dass er auf dem sogenannten „Wiwegli" war.

Das Wiwegli ging hier Richtung Schliengen und stieg leicht zum Guldenkopf an. Üblicherweise läuft man die umgekehrte Richtung, das wusste er. Aber er wollte ja auch nicht den ganzen Weg machen. Das wären immerhin zwei Stunden gewesen, so für etwa neun Kilometer, das war ihm für das erste Mal zu viel. Vernünftig sein! Er blieb stehen und genoss zufrieden die freie Sicht auf das weit unten vor ihm liegende Rheintal.

Schon sah er wieder eine scharfe Rechtskurve vor sich und dann war da plötzlich diese Frau! Sie saß hoch aufgerichtet, stocksteif mit unbewegtem Gesicht auf einer der Holzbänke und schaute ebenfalls auf das Rheintal.

-„Guten Morgen", sagte Guido freundlich.

Sie reagierte nicht. Bewegungslos schaute sie mit weit geöffneten Augen und einem irgendwie leeren Blick weiter in die Ferne. Dann, als er sich bereits hinter sich gelassen hatte, hörte er sie doch noch etwas flüstern.

- „Grüezi". Das war aber auch alles.

Sie schaute auch nicht hinter ihm her, als er sich kurz umdrehte, weil ihm das etwas seltsam vorgekommen war, aber vielleicht hatte sie irgendwie keine Lust.

Mit einem „Isch doch glich.", wanderte er weiter.

Aber diese traurig blickende Frau ging ihm irgendwie nicht mehr aus dem Sinn. Immer wieder blieb er stehen, schaute unschlüssig, wartete, ob sie doch noch auftauchen würde und ging dann doch weiter.

-„Ach was", er schüttelte unwillig den Kopf.

Dann, als er fast Schliengen erreicht hatte, blieb er abrupt stehen, schaute noch einmal zurück, drehte sich um, wollte dann doch weiterlaufen, drehte sich wiederholt um.

-„Verdammt noch mal", er war wütend auf sich selber, er war das von sich selber nicht gewohnt, sich nicht entschliessen zu können. Sollte er umkehren?

MacGyver flüsterte ihm ins Ohr: „Rotes Kabel oder blaues Kabel?"

-„Okay, wir gehen zurück", entschied Guido und wunderte sich kurz über die erste Person Mehrzahl in diesem Satz. Wir? Egal, unwichtig.

Er begann den gleichen Weg, den er gekommen war, langsam zurück zu gehen. Er wanderte irgendwie unbewusst schneller als vorher. Und dann erreichte er die Bank, wo er diese traurige, stumme Frau gesehen hatte.

Sie war nicht mehr da. Natürlich nicht. Was hatte er auch nach dieser Zeit erwartet? Er schaute sich um. Eine leere Holzbank und ein Wanderweg, sonst nichts.

-„Na vielleicht ist sie irgendwo abgebogen", dachte er. Es gab keine Abbiegung. Aber nein, sie war verschwunden. Irgendwie beunruhigt hatte er nun keine Lust mehr weiter zu laufen. Irgendetwas hatte sich geändert. Das Wandern war vergessen.

Er lief bis nach Bad Bellingen hinein und entschloss sich dann, in der nächstgelegenen Wirtschaft etwas trinken zu trinken.
-„Noch etwas früh, aber egal.", sagte er sich, „Aber ich habe ja einen guten Grund.", schob er als Entschuldigung hinterher. Er trank normalerweise nur Wasser ohne Kohlensäure. Heute würde er riskieren ein Glas Pils zu trinken.
Und er betrat die erste Wirtschaft, die ihm jetzt gerade zu entgegen sprang. Mit einer Gartenwirtschaft nach hinten raus, genau das, was er brauche: Ruhe zum Nachdenken.
-„Diese Frau", brummte er, „diese verflucht traurige Frau". Er ging zur Theke, bestellte ein kleines Pils, und meinte zur Wirtin:
-„Ich sitze im Garten, bringen sie es mir doch raus bitte".
Sie nickte, begann automatisch das Pils zu zapfen, während Guido durch die Hintertür in den Garten schlenderte. Das heisst, er wollte in den Garten. Als er die schwere Holztür zum Garten geöffnet hatte blieb er abrupt stehen, als ob ihn der Schlag getroffen hätte.
Alles, aber das, was er sah, hatte er nicht erwartet: Da saß die Frau vor einem Kaffee! Das gleiche traurige Gesicht, diese stocksteife Figur. Ja sie war es!
Ihr gegenüber sass ein jüngerer Mann. Er hatte ein Glas Wein vor sich in einem Römerglas, einem in Mitteleuropa weit verbreiteten Trinkgefäss für ein „Viertele" Wein. Ein grünes Glas mit dem typischen gerippten Fuss.

Der Mann redete auf sie ein, während er mit den Handknöcheln laut auf den Holztisch klopfte. Er wirkte irgendwie ungeduldig, nahezu aggressiv. Auf den Fingerknöcheln seiner rechten Hand ein eindeutige Message mit A.C.A.B.[4], die sicher nicht mit „always carry a bible" zu übersetzen war. Guido setzte sich neben eine kleine Lorbeerhecke und wartete auf sein Pils. Hören konnte er von dem Pärchen nichts, das war zu weit. Aber er konnte sehen und abschätzen, was für Arten von Gesprächen da geführt wurden, da die beiden sich unbeobachtet fühlten. Das Gespräch bestand darin, dass er redete und sie hörte zu.

Das war interessant! Es war kein richtiges Gespräch, sondern die ganze Szene bestand darin, dass dieser junge Mann geradezu aggressiv auf die traurige Frau einredete.

Jetzt griff er in seine kleine Ledertasche, die er mit einem breiten Gurt quer über die Brust gehängt hatte und Guido wurde automatisch an ganz bestimmte Typen erinnert, die er von Basel her kannte. Jene Typen, die irgendwann am Tag durch die Gassen der käuflichen Liebe schlendern und bei den Mädchen das verdiente Geld kassieren.

-„Ein Zuhälter, ein dreckiger, schleimiger Zuhälter bist du.", dachte Guido. Er war angewidert, aber sein Interesse war geweckt. Bluthund hatte man ihn eine Zeitlang genannt. Und jetzt genau durch diese Beobachtung, war er wieder zum Bluthund geworden. Denn die zwei, die passten einfach nicht zusammen.

---

[4] All Cops are Bastards

-„Jetzt will ich wissen, was da los ist.", knurrte er.
Und da war etwas los, das hatte er im Gefühl!
Er stand auf, um durch die Hintertür zur Theke zu gehen, holte sich dort eine Speisekarte und bei dieser Aktion musste er etwas näher an dem Tisch der Beiden vorbei. Jetzt konnte er die auf dem Tisch ausgebreiteten Utensilien näher und aus einem veränderten Blickwinkel sehen.
Es waren keine Papiere, es waren Fotos! Der Typ zeigte ihr irgendwelche Fotos. Es war nicht festzustellen, welche Art von Fotos, aber als die Dame die Fotos sah, wich ihr das Blut aus dem Gesicht. Und wenn man noch stiller als still sein könnte, dann war sie jetzt stiller als still.
Sie schaute dem schmierigen Typ nicht ins Gesicht, sie wich ihm aus und drehte den Kopf etwas nach rechts, schaute wieder in die Ferne, wie sie vorher auf das Rheintal geblickt hatte, aber jetzt war Guido in ihrem Gesichtsfeld. Sie nahm ihn nicht wirklich wahr, aber sie schaute zu ihm und Guido glaubte in ihrem Gesicht Furcht, Angst, kalte Angst zu entdecken.
Guido hatte genug gesehen. Das war etwas für den Bluthund! Er ließ sein halbes Pils stehen und ging nach Innen in die Wirtschaft und dann direkt nach draussen auf den Parkplatz.
-„Ich bin sicher, seine Karre passt zu seiner schleimigen Zuhälterfresse.", wetterte er mit sich selber.
Er schaute sich um und richtig, da stand er. Wette gewonnen! Er schlug sich mit der rechten Faust in die Handfläche.

Ein protziger, roter Ford-Mustang mit Basler Nummer.

–„Natürlich, das passt, wie der Arsch auf den Eimer!"

Dort stand ein Ford-Mustang, ein roter Ford-Mustang und in der Wirtschaft ein schleimiger, öliger Zuhälter. Guido wurde geradezu mit kalter Wut überschüttet. Er musste nun genauer wissen, was da los ist. Der Bluthund würde nicht mehr loslassen! Und hier war etwas oberfaul!

Er schoss ein Bild von der Autonummer und wartete dann ungeduldig. Nach einiger Zeit kam die Frau heraus und lief in die Richtung, in die Guido auch hätte gehen müssen. Sie ging schnell, als ob sie vor dem flüchten müsste, was sie gerade erlebt hatte. Und Guido musste schnell entscheiden, ob er sie verfolgen sollte, oder ob er sich darum kümmern sollte, was der schleimige Zuhälter unternehmen wird.

-„Rotes Kabel oder blaues Kabel?"

Als der Typ ebenfalls aus der Wirtschaftstür kam, schoss er ein Foto, wie er in den Wagen stieg. Noch eins von vorne, von seitlich, auf dem man ihn gut identifizieren konnte. Weitere Fotos wären zu riskant gewesen. Er steckte das Handy in die Tasche.

Aber er war mit dieser Aktion erst einmal zufrieden und ging den Weg zur Rehaklinik, den – so hoffte er - auch die Frau genommen hatte.

Und wieder war die traurige Frau nicht mehr zu sehen.

Guido ging direkt in die Reha und von dort aus auch direkt in sein Zimmer. Er schaute auf seinem Handy nach. Dann erst stellte er fest, dass in dem roten Mustang eine weitere Person zu sehen war. Er hatte die Person auf dem Beifahrersitz übersehen. Eine männliche, schlecht getroffene Person mit sehr dunklem Teint.

-„Verflucht!", flüsterte Guido.

Die geschossenen Bilder schickte er dann seinem Freund Urs mit dem kurzen Vermerk „ich rufe dich an."

Er zog sich um fürs Abendessen und dann ging er wieder an sein Handy und rief seinen Freund Urs an. Nach mehrmaligem Läuten meldete sich eine Stimme.

- „Ja, hier ist der Urs. - Hallo, wer ist da?" – Pause – „Ich verstehe nicht, wer ist da? - -„Ach ja, ach ja, ich bin doch nur der Anrufbeantworter, reden sie mir aufs Band und vielleicht rufe ich zurück. Haha."

Zum x-ten Mal war er darauf hereingefallen, diese extreme Art den Anrufbeantworter zu besprechen. Immer hatte er seinen Freund entschuldigt mit einem: „Der Urs ist halt der Urs." Diesmal nicht.

-„Gottfriedstutz Urs!", schrie er nach dem Piepston auf den Anrufbeantworter und unterbrach die Verbindung.

•

Aber die traurige Frau auf der Bank und das Ergebnis nachher im Hotelgarten liessen ihm keine Ruhe und er rief nochmal an. Ja, Urs – diesmal war er es wirklich „Hast du meine Bilder bekommen, Urs?"

- „Unlügbar", sagte Urs, was in seiner Art sich auszudrücken etwa bedeutete: „Ja, definitiv. Ich habe mir nur noch das Tattoo auf dem Unterarm angeschaut, von dem Typen mit der Anabolika-Fresse." Das wiederum bedeutete in der Ausdrucksweise von Urs: Ein Mann mit hässlichem Gesicht.

-„Und, und", sagte Guido ungeduldig, „was hast du sonst für mich?

-„Viel, aber das mit dem Tattoo habe ich noch nicht rausgefunden. Wie auch immer, den Typen den kenne ich. Er gehört zu einer sehr gefährlichen Sorte von Typen. Er ist immer in Klein-Basel unterwegs. Du müsstest ihn eigentlich auch schon mal gesehen haben. Den Namen kriege ich noch raus, keine Angst".

-„Gut Danke, dann warte ich mal". Er schmiss das Handy auf das Kopfkissen und dann sah er den Zettel. Handschriftlich, aus einem Spiralblock herausgerissenes Blatt mit wenigen Worten.

„Morgen um 14Uhr, du besuchst mich doch, oder? Ich warte. Und darunter: *Ich mache Kaffee und du bringst zwei oder drei Stücke Schwarzwälder mit, okay?"*

Sie hatte nicht gefragt, sondern sie hatte es quasi bestimmt und sie wusste, er würde keine Widerrede leisten. Er würde kommen. Und Guido wusste es auch.

Als Guido das wie immer überwältigende Krankenhausessen überstanden hatte, rauchte er draussen bei dem riesen Aschenbecher eine Zigarette und ging anschliessend wieder auf sein

Zimmer, um sich das Fernsehprogramm zu Gemüte zu führen. Gleich nach der Tagesschau vibrierte sein Handy.

- "Ja", „Hier ist Urs", platzte sein Freund sofort los.

-Und ich dachte es ist wieder der Maurer[5], der ruft hier auch dauernd an.", spottete Guido.

- "Ja ist schrecklich lustig du Scherzkeks! Aber ich hab was für dich, ich hab was. Das Bild der Frau war einfach. Ich habe ein bisschen hier rumgefragt. Keine Angst, niemand hat was gemerkt. Na, auf jeden Fall, der Name ist Brunetti, Valerie. Sie wohnt in der Ammerbachstraße in Basel. Ihr Ehemann heißt Jean, der wiederum hat eine gut gehende Immobilienfirma. Scheinbar ist ihm das noch nicht genug, und er hat noch eine gut gehende Druckerei in Basel. Die Leute haben Geld wie Heu. Das ist vorerst alles.", meinte Urs.

-„Da hast du aber bereits viel rausbekommen, staunte Guido.

-„Ich schaue weiter, schlaf gut."

Am nächsten Morgen meldete sich schon sein Handy, bevor er zum Frühstück ging. Es war wieder Urs:

-" Hallo, bist du schon wach?"

- „Ja, natürlich, brummelte Guido."

- „Also, dann schreib mal auf. Diese arabischen Schriftzeichen auf dem Unterarm, nicht den mit dem Tattoo, sondern die andere Seite sind arabische Vornamen. Jasin und Aleyna. Ich buchstabiere: Yasin und Aleyna. Mein Informant war sogar so sicher, dass es ein arabischer Vorname war,

---

[5] Schweizer Bundesrat

obwohl, er könnte auch aus der Türkei, Marokko oder Bosnien stammen. Aber er sagte, er hätte etwas mit der 36. Sure des Koran zu tun. Yasin sei ein Prophetenname. Und Aleyna ist ein weiblicher Vorname und auch arabisch und heißt „Gottes Geschenk" Das passt so richtig zu dem Kerl mit der Anabolika-Fresse", sagte er abwertend.

-„Ich danke dir", sagte Guido.

-„Ich versuch noch etwas mehr herauszufinden".

„Und, was machst du jetzt?", sagte Urs.

-„Halt! Noch etwas!"

-„Ja, was denn?"

-„Gerade kommt von einem Insider eine Info zu dem Typen mit der dunklen Gesichtsfarbe. Pass auf! Das Bild ist zwar undeutlich aber der Kerl scheint ein gefürchteter Scheisskerl zu sein. Brandgefährlich und schiesswütig. Geh ihm unbedingt aus dem Weg. Er ist nie unbewaffnet unterwegs und hat selbst hier im Dreiländereck in jedem Land ein kleines Waffendepot. Nie würde er eine Waffe tragen, wenn er eine Grenze überquert. In welche Richtung auch immer. Aber zehn Minuten später ist er dann bereits bewaffnet. Man sagt, er sei ein MA10[6] – Liebhaber. Du weisst, was das bedeutet!"

-„Mal schauen, mal schauen", brummelte Guido, momentan leicht beunruhigt, obwohl er genau wusste, was er erst einmal machen würde. Er würde warten bis kurz vor zwei Uhr und dann würde er zu der Adresse gehen, die auf dem Zettel stand.

---

[6] Amerikanische Nachbildung der israelischen UZI Maschinenpistole

Zur Nachtschwester. Mit drei grossen Stücken Schwarzwälder.

Er vertrieb sich noch etwas die Zeit, wandern wollte er vorher nicht mehr, also ging er Richtung REWE, kaufte in der daneben liegenden Bäckerei drei Stücke Schwarzwälder Kirsch-Torte, ließ sie sich schön verpacken und machte sich auf den Weg ins Dorf.

Er musste nur einmal kurz fragen, offensichtlich eine bekannte Gasse, mit schnuckeligen Häusern. Keine Straße, es war eine kleine, etwas abgelegene Gasse und er hatte sie gleich gefunden.

Ein alleinstehendes Häuschen, ein Eingang. Da er keinen Nachnamen hatte, ging er die drei Stufen des Eingangs hinauf, klingelte an der einzigen Klingel. Zumindest der Vorname stimmte, das würde schon richtig sein und falls nicht, eine Ausrede fand er in solchen Fällen immer.

Er brauchte keine Ausrede! Bereits nach dem ersten kurzen Klingeln öffnete sich die Tür, als ob sie an den Klingelton gekoppelt wäre.

Nachtschwester Ingrid stand vor ihm.

Guido sah sie an und er war sprachlos. Wieder etwas, was er von sich nicht kannte.

-„Super!", brachte er dann doch noch über seine Lippen.

-„Was Super?"

Sie war enttäuscht. Wie konnte sie auch nur ahnen, dass dieses „super" bei Guido das nahezu höchste Kompliment bedeutete. Mehr brachte er niemals raus! In dieser Situation mit derartig trockener Kehle sowieso nicht.

Was war`s denn? Was verwirrte ihn derartig?

Nun, sie war beim Friseur gewesen und hatte sich eine Kurzhaarfrisur verpassen lassen. Eine von der Sorte, die, so glaubte er zu wissen, Knabenlook genannt wurde. Sie ist am Oberkopf und an den Seiten extrem kurz und wird gerne mit Absicht etwas zerzaust gestylt. Die Frisur wirkt wirklich frech, aber auch sehr feminin. Guido würde es zwar eher als sexy bezeichnen, aber er hatte sie ja auch nur im Halblicht des Zimmers in der Reha gesehen und jetzt stand sie hier vor ihm im hellen Licht und der Schnitt umspielte das Gesicht und ließ es wirklich weich wirken. Noch schöner als er in Erinnerung hatte. Eben „super"!

-„Du bist aber pünktlich, Guido", sagte sie und lächelte.

Sie drehte sich um und ging voraus in ihre Wohnung. Guido hatte Zeit, links und rechts zu schauen, aber es was ihm viel wichtiger, sie von hinten zu bewundern. Er folgte ihr, eingenebelt in einem leichten Moschusduft, mit schief geneigtem Kopf.

Sie führte ihn in ein geräumiges, grosses Zimmer. Es war eine Kombination aus Moderne und altem Holz, irgendwie Luxus gepaart mit Antik. Es war ein einzelnes riesiges Zimmer. In der Mitte eine Polstergruppe im Vintagestil auf Holzgrundgestell, lose Rückenkissen, die geradezu einladen, sich dort hinzufläzen. Vor der Kommode, nicht wie man vielleicht erwartet hätte, ein Tisch, sondern eine grosse Truhe, daneben ein paar Beistelltische und weiter hinten Holzbalken. Ein Teil des Zimmers war abgetrennt durch ein eindrucksvolles Triptychon aus

Holz. Ein Motiv von Ginkgo Blättern, gelasert, gar nicht auffällig. Wahrscheinlich war dort ihr Bett? Guido schaute sich weiter um. Das Zimmer gefiel ihm zunehmend. Rechts ging eine Treppe nach oben und er sah eine Balustrade aus dunklem Holz, höchstwahrscheinlich ein kleines Rückzugsgebiet, vielleicht sogar mit einem Balkon. Es passte zu der modernen Art des Zimmers, dessen Wände in einem leicht gebrochenem weiss gehalten waren. Über der Sitzgruppe und der Truhe, die als Tisch diente, hing ein riesiger, runder Leuchter mit mindestens 20 kleinen Birnen, die mit weißen Hütchen bedeckt waren. Genau vor ihnen war eine riesige, von Decke bis Boden bestehende dreiteilige Balkontür, die jetzt geöffnet war. Er schlenderte auf sie zu. Ein überwältigender, schöner Blick auf den Kurpark von Bad Bellingen. Sie musste ihn sehr genau beobachtet haben, denn er hörte sie hinter sich fragen: "Gefällt dir, gell?"
-Sehr."
Er ließ noch mal den Blick von links nach rechts schweifen bemerkte links eine Vitrine mit CDs und rechts eine kleine Bücherwand. Erst jetzt, nachdem beide in der helleren Region des Zimmers standen, sah er ihr Kleid. Ja, natürlich, sie hatte ihn ja zu sich eingeladen. Es war nicht vorgesehen, dass sie ausgehen wollten, also hatte sie sich ein etwas nach Strandkleid aussehendem angezogen. So ein regelrechter Romantiklook und sie barfuß. Also, Strandkleid passte. Breite Träger mit Rüschen, Gummizug, gesmokter Gummibund für den perfekten Sitz. Bis zum Boden herunter. Sie hatte

seinen Blick bemerkt, legte den Kopf schief, grinste etwas und fragte:

„ Etwas zu gewagt?"

Guido schüttelte den Kopf. Natürlich fand er es gewagt, aber Komplimente brachte er einfach nicht über seine Lippen. Also beliess er es bei einem: „Nein, nein, das passt doch. Ist schön" und nahm sich zusammen, dass er bei dem Wort schön nicht dauernd auf ihren Busen schaute. Er fand es nicht einfach nur schön, sondern er hätte sonst „geil" gesagt.

- „Dann setzt dich", sagte sie und gab ihm einen leichten Schubs, dass er in den Sessel fiel. Mit einem„ Ich hole den Kaffee" verschwand sie in der Tür, hinter der die Küche zu vermuten war. Man hörte ein paar typische Geräusche, wenn Tassen aneinander schlagen und dann stand sie auch schon wieder neben ihm.

-„Zucker? Rahm? , fragte sie. Und Guido erinnerte sich, dass seine Mutter immer gesagt hatte: „Siehst du, die beiden sind nicht verheiratet, sie weiß nicht, dass er ein oder zwei Zucker nimmt." Er grinste.

-„Nur Zucker", meinte er.

Sie setzte sich ihm gegenüber, verteilte auch die Schwarzwälder und meinte: „ Lass es dir schmecken. Danke, für die Torte"

Dann sie machten sich beide über die Schwarzwälder Kirschtorte her. Guido blickte sich noch einmal um, versuchte herauszufinden, was sie für einen Musikgeschmack hatte.

Er fand einen guten Mix aus Billie Holiday, Elvis Presley, James Brown, Nina Simone, King, Miles Davis, aber dann auch wieder Edith Piaf, Bruce

Springsteen, Bob Dillon, John Baez, The Dire Straits, gemischt, Rondo Veneziano, also kurz, man konnte sie von ihrem Geschmack her nicht so richtig zuordnen. Passte ihm nicht so richtig, aber das war ja erst einmal unwichtig.

Aus den Büchern in den gegenüberliegenden Sammlungen konnte man ebenfalls nicht allzu viel herauslesen. Auch hier eine bunte Mischung. Sie hatte irgendwie alles einmal ausprobiert. Bert Brecht, Werke einer Auswahl, Oscar Wilde, dann wieder Denksport, Mathematik, Amerikas Schattenkrieger, dann wieder Werke über Architektur und Ästhetik, Gartenikonen, Häuser aus Holz, die Architektur der Renaissance in Italien, etwas über Maler und Bösewichte, dann wieder Fichte, Astrid Lindgren, ja sogar über Marx sah er etwas. Wahrscheinlich war das bei ihm zu Hause auch nicht viel anders.

Inzwischen waren sie fertig mit ihrem Schwarzwälder Kirsch.

-„Soll ich dir nachschenken?", fragte sie und hatte schon die Kaffeekanne in der Hand. Er nickte und hielt ihr die Tasse entgegen.

Sie musste sich zu ihm runterbeugen, was zu einem Einblick in ihr Dekolleté führte. Er schaute zur Seite und konzentrierte sich auf die Bücher. Als er hochschaute in ihr Gesicht, sah er, wie sie grinste. „Sie weiß es", dachte er. „Sie weiß es. Teufel auch." Also versuchte er, Konversation zu machen.

-„Bist du schon lange in der Reha? ", fragte er mit etwas Flachem, Unverfänglichem und gab sich aber interessiert, obwohl ihn das überhaupt vollkommen egal war.

-„Ja, schon lange. Drei Jahre" , meinte sie. Zuckte leicht die Schultern .
- „ Ist halt optimal gelegen, gerade in der Nähe. Bin auch gerne da."
-„Ja, glaube ich dir." Jetzt, bevor ihm das Ganze aus den Händen glitt, schob er eine Frage nach: „ Bist du eigentlich auf allen Stationen?"
-„Ja, ich werde flexibel eingesetzt. Eigentlich alle sind das bei uns. Warum, was meinst du denn?"
Er schaute überlegend an die Decke. Sollte er oder sollte er nicht?
Roter Faden, blauer Faden!
Dann: „ Ich habe gestern beim Wandern eine Dame gesehen und meine, sie wäre auch in der Rehaklinik hier."
-„Und?"
-„Also, sie hat mich nur begrüßt, Grüezi gesagt und ich nehme an, sie ist irgendwo aus der Schweiz. Klang irgendwie nach Basel."
-„Na gut, hier sind viele aus Basel. Ist sehr beliebt."
-„Es ist so eine Baseldeutsch sprechende Dame, relativ dünn, hoch aufgeschossen, läuft sehr gerade. Ich meine, ich hätte den Namen Bruni oder Brunetti, oder irgend so etwas gehört."
-„ Ah ja, die kenn ich", sagte sie postwendend.
„Sehr seriöse Frau. Muss mordsmäßig Geld vorhanden sein, denn sie hat unten das Zimmer Nr. 1, was nur für ganz gut Betuchte reserviert ist. Zimmer 1. Ja " , wiederholte sie nachdenklich dann nach kurzem Überlegen noch einmal. „Ja, ja. Zimmer 1. Wieso meinst du?"

-„ Ooch, hat mich nur interessiert, wenn ich mich mal an einem Namen festgebissen habe.Der Name war mir irgendwie bekannt vorgekommen." Sie legte den Kopf schief und grinste ihn an und er sagte sofort hinterher:

„ Nein, nein, hab kein Interesse, die Dame ist schon älter. Hat mich einfach nur so interessiert." Und schon hatte er das an Informationen, was er wollte. Er hatte den Namen, er wusste, dass sie in der Klinik ist und er kannte die Zimmernummer.

Sie stand auf und ging zu der geöffneten Balkontür.

-„Komm, schau dir mal die Aussicht an!", meinte sie stolz und winkte leicht mit beiden Händen, ohne sich umzudrehen. Er stellte sich neben sie und schaute auf die Wipfel des unter ihm liegenden Kurparks. Das ganze strahlte eine Ruhe aus, die überwältigend war.

-„Schön, nicht wahr?", fragte sie. „Einfach schön hier und so ruhig. Keine Nachbarn, keiner guckt hier rein." Das stimmte. Man glaubte, man wäre alleine.

„Wie lange hast du denn Zeit?", fragte sie und schaute ihm in die Augen. Irgendwie schaute sie zu lange. Der Moschusgeruch wurde intensiver.

-„Ich hab Zeit. Ich bin ja Patient in der Klinik." Natürlich hatte er den langen Blick richtig verstanden, aber er wollte sie etwas zappeln lassen. Derart durchsichtig wollte er nun doch nicht sein.

Spielchen spielen war aber nun auch Garnichts für die selbstbewusste Schwester! Sie ergriff seine Hand, drehte sich um und zog ihn mit sich: „ Komm, wir setzen uns nochmal. Möchtest du einen kleinen Cognac, einen Klitzekleinen, so als Nachtisch?"

„Konjäckle sind die besten Jäckle, sagt man, obwohl man es jetzt im Sommer eigentlich nicht braucht", flüsterte sie.

- "Aber einen Cognac kann man immer brauchen.", erwiderte Guido und ließ sich zu der Couch führen. „Setz dich", sagte sie wieder und war bereits auf dem Weg in die Küche. Sie kam zurück mit einem spanischen Cognac und zwei kleinen Gläsern. Sie goss ihm und sich je ein halbes Glas voll ein.
-„Prost", sagte sie und kling - kling stießen die Gläser aneinander.
- „Ich muss leider um vier Uhr wieder arbeiten", meinte sie dann und machte einen übertrieben traurigen Schmollmund.
-„Oh"
- „Aber du hast sicher bis vier Uhr Zeit, oder? Möchtest du den Rest meiner kleinen Wohnung auch noch sehen? "
- „ Ja, klar", sagte er. Sie war schon aufgestanden, irgendwie wusste sie immer im Voraus, was er machen würde. Das irritierte ihn, ärgerte ihn irgendwie, aber er lief brav hinter ihr her.
- „Hier", und sie verschwand hinter der etwas zurückliegenden Tür, von wo sie das Geschirr und den Cognac geholt hatte und richtig, dort war eine kleine Küche.
-„Komm, und hier", dabei zeigte sie nach oben zu der Galerie und lief nur einige wenige Stufen hoch und sie schauten beide, wie es da oben aussah auf halber Treppenhöhe.- „Schön", meinte er.
- „Super" und dann gingen sie auch schon wieder die drei Treppenstufen hinunter. -„Das", und dabei

deutete sie nach links zu der Tür, die geschlossen war, „sind Bad und Toilette. Da müssen wir ja nicht reinschauen?" Guido schüttelte den Kopf und dachte: "Sag jetzt nichts Falsches!"
-„Ich freue mich wirklich, dass du gekommen bist", sagte sie, nahm ihn wieder bei der Hand und ging in die linke hintere Ecke des Zimmers und sie waren in einem richtig romantisch eingerichteten Eckchen zum Schlafen. Das war also ihre Schlafecke, sie hatte kein Schlafzimmer, sondern ein Teil des grossen Raumes hatte sie als Schlafgelegenheit eingerichtet. Ein grosses Bett, Nachttisch, natürlich, auf dem Nachttisch eine Tiffani-Leuchte, mit fantastischen Farben, mit einem Schirm aus durchgefärbten Tiffani-Stücken, die in Blei gefasst waren und einem aus verzinkten Aluminium gegossenen Fuß in Form einer Frau. Die Bettwäschegarnitur, sehr geschmackvoll mit riesigen, farbenfrohen Hortensien- und Schmetterlingsmotiven.
An der Wand, links davon eine Wanduhr, mit einem Ziffernblatt in Holzplanken-Optik und bunt aufgelegten arabischen Ziffern. An der anderen Seite des Bettes ein kleiner, runder Tisch mit feingestickten Schmetterlings- und Blumenmotiven als Decke. Man hatte das Gefühl, der Frühling ist im Wohnraum. Alles war nicht kitschig, sondern ausgesucht und es war auch teuer. Noch ein kleines Fenster in gleicher Richtung zum Park hin, auf der Fensterbank hinter einem dünnen Vorhang eine sehr anmutige Dekofigur einer Dame. Geschmackvoll mit langem Rock und Hut gekleidet und sorgfältig, wahrscheinlich von Hand bemalt.

- „Geschmackvoll", sagte Guido und strich über den Bettbezug.

- „Danke", sagte sie und setzte sich auf das Bett und wippte etwas. Jetzt klopfte sie mit der Handfläche auf das Bett, auf die Position neben sich. So wie er es, er erinnerte sich gut, gemacht hatte, als sie bei ihm im Zimmer in der Reha war. Eine Aufforderung, sich auch hinzusetzen.

Natürlich, das machte er gerne. Er setzte sich und wie erwartet, fackelte sie nicht lange. Sie war eine Frau, die wusste, was sie wollte und Guido gefiel das. Was sollte er sich hier noch verstellen? Sie blieb genauso fordernd, wie sie von ihm verlangt hatte, sich zu ihm zu setzen. Sie legte ihre flache Hand auf seine Brust und drückte ihn in diese vielen, bunten Schmetterlinge hinein und dann küsste sie ihn. Einfach so. Sie fackelte wirklich nicht lange. Ohne grosses Trara, sie küsste ihn einfach. Guido war das völlig egal. Reden konnte er jetzt bereits nicht mehr.

- „Endlich, endlich habe ich dich länger für mich", flüsterte sie in sein Ohr und begann sein Hemd aufzuknöpfen. Langsam, keine zittrigen Finger. Sie knöpfte und als sie am Gürtel angelangt war, machte sie nicht Halt, sondern sie knöpfte weiter. Er war so überwältigt, dass er einfach alles geschehen ließ. Und dann lag sie neben ihm und den vielen bunten Schmetterlingen.

Die Planung

Der Ziellose erleidet sein Schicksal
- der Zielbewusste gestaltet es.

Immanuel Kant

Frau Brunettis Krankenzimmer zu finden, war für Guido keine grosse Schwierigkeit. Es war erstens im Parterre gelegen, es war in einer Gegend der Reha, die von absoluter Ruhe geprägt war, es waren überhaupt keine Patienten vor den Zimmern unterwegs. Kurz, es konnte gar nicht anders sein. Ruhe, keinerlei Hektik. Er war in der Premium Abteilung!
Also bog Guido in genau diesen Gang. Er ging selbstbewusst gleich nach dem Eingang, so wie es ihm Schwester Ingrid erklärt hatte, nach links, dann noch etwas weiter.
Irgendwie roch es auch anders als in der übrigen Reha. Es war so privat. Nicht nach Spital. Auf jeden Fall hatte er Zimmer eins sofort gefunden. Zimmer eins war nicht wie in der übrigen Reha in den Gängen mit den Namen der Patienten angeschrieben. Es hieß einfach „besetzt". Rot „besetzt". Aber er war sicher, nach den Erklärungen von Schwester Ingrid, das war das Zimmer von Frau Brunetti.
Er trieb sich etwas auf dem Gang rum, mal rauf, mal runter, begegnen würde er hier sowieso

107

niemandem. Aber trotzdem, es war nicht befriedigend. Wenn er auch das Warten gewohnt war, und Geduld hatte er auch, aber es würde nur per Zufall etwas bringen. Er konnte ja nicht ewig hier rauf und runter laufen und auf Frau Brunetti warten. Also versuchte er es von außen, um wenigstens sicher zu sein, ob sie zuhause war. Und im Moment war das ja ihr zuhause, Man konnte von aussen durch das grosse Fenster sehen und er stellte fest, dass niemand im Zimmer war.

Also ging er wieder rein und setzte sich gegenüber dem Empfang auf einen der Stühle und las eine Zeitung. Geduld, Geduld war etwas, was er kannte. Er kannte es aus leidvollen Erfahrungen. Er wusste aber auch, dass es die Gewohnheiten sind die helfen. Denn Erfahrungen mit Personen, die er oft eine Woche lang observieren musste, hatten ihm oft klar gemacht, Menschen sind Gewohnheitstiere. Und auch Betrüger, um die es in diesem Fall zwar nicht ging, bilden dabei absolut keine Ausnahme. Und deshalb liess Guido sich Zeit, und es ist auch nicht seine Art, unruhig zu werden. Aber diesmal, da nur ein Eingang zu dem Zimmer von Frau Brunetti führte, konnte er sich ins weiter hinten gelegene Cafe setzen, gegenüber dem Eingang und sich ein bisschen unterhalten, einen Kaffee trinken und den Eingang zum Zimmer von Frau Brunetti im Auge behalten. Warten muss man als privater Ermittler in Kauf nehmen, findet Guido. Er arbeitete nun schon viele Jahre als Ermittler und manchmal war es eher der Schlafmangel, nur wenige Stunden pro Nacht geschlafen, noch zu ertragen. Guido konnte das, sein Zustand wurde erst ab etwa vier Stunden Schlaf kritisch. Er war es auch gewohnt, keine Zeit zum Rasieren zu haben und eben Schlafmangel zu ertragen. Aber Kaffee und manchmal zu viel Zigarettenkonsum gehen nicht gerade mit gesunden Aktivitäten Hand in Hand. Und zudem in der Schweiz musste er sich zumindest innerhalb der Grauzonen und Gesetzeslücken agieren. Das war jetzt auch der Fall hier in Deutschland, er war ja schliesslich bereits am Ermitteln.

Jetzt saß er also hier auf der unbequemen Bank und wartete auf Frau Brunetti. Frau Brunetti, die er ins seinem Ermittlungskonzept wiederum mit ZP = Zielperson bezeichnen würde, war im Moment noch ein unbeschriebenes Blatt. Sie war eigentlich nicht die Zielperson in diesem Fall. Wer die wirkliche Zielperson oder die Personen sein würden, könnte sich erst nach dem Gespräch mit Frau Brunetti herausschälen.

Und dann, ganz plötzlich, sah Guido eine Gestalt aus den Augenwinkeln hinten den Gang von den Therapieräumen auf sich zukommen. Er drehte sich um und sah sie gerade noch von hinten und dann bog sie auch bereits, in den Gang zum Zimmer Nummer eins. Eine gross aufgeschossene Frau, die Haare hinten zu einem Art Dutt zusammengebunden, leicht ergraut, aber nicht gebeugt, sondern hoch aufgerichtet mit geradem Rückgrat. Man hätte sie voreilig vielleicht sogar als hochnäsig bezeichnen können. Aber Guido hatte sie gesehen und er hatte sie erlebt. Für ihn war sie ganz sicher nicht hochnäsig. Sie war ängstlich gewesen, erschreckt, aber das war sie. Das war Frau Brunetti.

Guido sprang auf, setzte alles auf eine Karte, ohne gross zu überlegen und rief: „Frau Brunetti?" Sie drehte sich langsam zu ihm um, zeigte aber kein Erkennen, sie blickte irgendwie durch ihn durch, aber sie hatte wenigstens realisiert, dass er sie angesprochen hatte. Und sie blieb stehen.

Guido wusste ungefähr, mit wem er es zu tun hatte und richtete sein Verhalten danach. Ganz artig sagte er seinen Namen und dann „darf ich ganz kurz ihre Aufmerksamkeit haben?" Wenn er bei seinen Kameraden so gesprochen hätte, hätten sich alle den Bauch voll gelacht. Aber hier musste es einfach sein.

Und es war der richtige Weg gewesen. Er hatte sofort in diesem Moment ihre volle Aufmerksamkeit. Man merkte es ihren Augen an. Sie hatten nicht mehr dieses entrückte im Gesicht, diese Augen, die durch alles hindurchblickten, wie sie damals auf die Rheinebene geblickt hatten. Nein, Sie hatte seine Aufmerksamkeit.

-„Jetzt oder nie.", dachte Guido.

Guidos Verhalten, das üblicherweise, wenn er seine berufliche Tätigkeit ausübte, aus Sondieren, Beobachten, Berichten bestand, fragte nun: "Ich habe sie bei einer Wanderung in den Weinbergen gesehen. Und, um es kurz zu machen, später habe ich Sie auch mit einem Mann in einer Wirtschaft gesehen. Und es geht mir nicht aus dem Kopf."

Er ließ ihr keine Zeit zu sagen, das geht sie auch nichts an. Er fuhr sofort weiter: „Ich bin nur noch wenige Tage hier und Sie kennen mich nicht. Darf

ich mich kurz irgendwo, wo niemand zuhören kann vorstellen? Ich möchte Ihnen nämlich, wie man so schön sagt", er lachte dabei," meine Hilfe anbieten?".
Er hatte extra den Ausdruck - meine Dienste - nicht gewählt. War ihm irgendwie nicht passend. Hilfe ist in diesem Fall wahrscheinlich das Richtige. Frau Brunetti stutzte einen Moment, wollte sich umdrehen, um ihn unwillig stehen zu lassen und dann blieb sie doch da und sagte: „Um was geht es denn?"
Guido meinte: „Frau Brunetti, so richtig weiß ich es eigentlich selber nicht, um was es geht. Aber sagen wir mal so, ich habe vermutet, dass Sie Hilfe brauchen und ich habe gesehen, wo ihre Gegner anzusiedeln sind. Ich bin aus Basel, kenne mich aus und…" wiederholte er und zog das „und" in die Länge „ich bin Privatermittler. Ich kann Ihnen helfen".
Irgendwie hatte es bei Frau Brunetti regelrecht „ eingeschlagen". Wahrscheinlich brauchte sie so dringend Hilfe, dass sie ihn nicht abgewimmelt hatte. Sie sagte: „Kommen Sie."
Sie setzten sich auf die Terrasse. Sie griff nach einer Tasse und einem Unterteller vom Nebentisch und stellte beides vor Guido und fragte: „ Sie mögen doch Tee, hoffe ich?" Und goss ihm ohne eine Antwort abzuwarten ein.
Guido mochte absolut keinen Tee, aber jetzt hatte er die Tasse vor sich und er hatte etwas im Sinn, was unbedingt Erfolg bringen musste.

- „ Oh ja, gerne, etwas wenig Zucker." Er mochte auch Tee mit Zucker nicht, aber egal.

- „Ja", meinte sie „ich mache jetzt etwas, das gar nicht üblich ist in meinem Verhalten, ich habe sie eigentlich noch nie kennen gelernt, ich weiß nicht so richtig, wer sie sind und trotzdem, irgendwie, irgendwie habe ich Vertrauen zu Ihnen und ich gehe jetzt mal das Risiko ein. Ich erzähle Ihnen die Geschichte."

Sie rührte Gedankenverloren in Guidos Tasse, damit sich der Zucker auflöste, legte den Löffel auf die Untertasse, schaute Guido in die zusammen Augen und begann:

-„ Wie Sie ja wahrscheinlich wissen wohne ich in Basel mit meinem Mann. Wir haben eine Tochter, die wir in ein – sie spitzte die Lippen- wirklich sehr teures Institut geschickt hatten und die dort vor einem halben Jahr ihre Matura gemacht hat. Eine super Matura, wir waren sehr stolz. Wir konnten sie dann überreden, in Basel zu studieren, sie hatte zwar gesagt, vorerst, aber wir waren froh, dass wir sie nicht ganz aus den Augen verloren. Aber sie wollte sich abnabeln und mein Mann hat ihr eine Eigentumswohnung oder besser gesagt ein kleines Studio in Basel gekauft. Da sie ja kein Geld hatte haben wir das Studio eingerichtet, es hatte auch Platz für ihre Freundin, die ab und zu mal bei ihr übernachtet hatte und sie schien glücklich. Sie schien einerseits glücklich, sich etwas von uns lösen zu können, andererseits war sie glücklich, ihre Freiheit genießen zu können. Und so zog sie in das Studio, das Studio ist übrigens in der Nähe des Barfüsserplatzes, leicht erreichbar von uns, zentral gelegen, alles war optimal. Dann, irgendwann muss etwas passiert sein. Sie hatte sich immer gemeldet, mindestens einmal in der Woche hatte sie uns besucht, oder sie hatte angerufen und es schien alles in Ordnung. Von ihrer Freundin, die wir ab und zu mal getroffen hatten, haben wir nie irgendetwas Negatives gehört, sie hat uns nie signalisiert, dass etwas schief läuft, es schien alles in Ordnung. Sie wollte ihr Studium anfangen, wie das bei jungen Leuten so ist, wollte sie mal das, mal das ausprobieren, aber wie gesagt, es traf uns aus heiterem Himmel, was dann geschah."

- „Ja, was geschah dann?", fragte Guido.

-„Ja, was geschah?"

Frau Brunetti drehte den Kopf und schaute wieder in weite Ferne durch das Fenster. Sie erinnerte ihn wieder an die Szene, in der er sie mit Yasin gesehen hatte. Die traurige Frau, jetzt sah sie wieder genauso aus wie diese traurige Frau oben in den Weinbergen.

-„Ja, was geschah? Wir wissen es nicht. Das Einzige was wir wissen ist, nichts geschah, nichts.

-„Wir hörten von einem auf den anderen Tag nichts mehr von ihr, kein Telefonat, keinen Besuch. Ihre Freundin wusste auch nichts, gar nichts."

Sie war kurz vor dem Weinen, riss sich aber zusammen und warf stolz den Kopf in den Nacken.

-„Jaja", sagte sie dann und schaute erneut aus dem Fenster, als ob von dort Hilfe zu erwarten wäre.

-„Jaja."

- Aber das ist doch nicht alles, oder", insistierte Guido. „Wer war denn dieser junge Mann?" Er betonte es etwas spöttisch, „den sie getroffen haben, oben in der Wirtschaft?"

Erst nach einer sehr kurzen Pause reagierte sie und ihre Finger verkrampften sich ineinander.

-„Ja, getroffen habe ich ihn nicht gerade, er hat eher mich getroffen. Und getroffen können Sie wirklich wörtlich nehmen. Er hat mich sozusagen ins Herz getroffen."

-„Wie meinen Sie das?" meinte Guido. Er konnte es sich zwar denken, aber er musste sie dazu bringen, in ihren eignen Worten zu berichten. Und es funktionierte.

- „Nun, was er mir erzählt hat und gezeigt hat, das gab mir immerhin einen Teil von Klarheit, was passiert war. Meine Tochter muss irgendwann einen Mann getroffen haben, scheinbar haben die Beiden sich ineinander verliebt, vielleicht hat auch nur meine Tochter sich in den Mann verliebt. Auf jeden Fall von dem Moment an war meine Tochter verschwunden. Und das, was mir dieser junge Mann angeboten hat, möchte ich jetzt im Moment noch nicht ansprechen. Ihr Redefluss stoppte jetzt.

-„ Sie müssen das verstehen!" sagte sie hinterher „Ich kenne Sie nicht so sehr gut, deswegen möchte ich das nicht. Aber ich weiß, was sie für eine Tätigkeit ausüben und ich möchte Sie bitten, für mich tätig zu werden", sagte sie. Guido war verdutzt.

- „Ich möchte, dass sie meine Tochter finden."

-„Ja, ähh", machte Guido völlig überrascht.

- „Das ist ein Auftrag!", sagte sie sehr deutlich mit dem Zeigefinger mehrmals auf die Tischplatte deutend.

-„Ja, aber sie wissen doch gar nicht…", er redete nicht weiter, denn sie unterbrach ihn sofort.

-„Reden Sie jetzt nicht von Geld, das spielt für mich keine Rolle." Es klang nicht eingebildet sondern eher unwillig und bitter.

-„Aber ich habe Tagesansätze, die ganz happig sind", versuchte es Guido nochmals, „und dann noch Nachtzuschläge und solche Sachen."

-„Wie gesagt, reden wir nicht über Geld. Ich will meine Tochter zurück! Und sie können sie suchen und Sie können verlangen, was Sie wollen". Ihr Mund war zu einem dünnen Strich geworden.

-„ Sie bekommen ihr Geld und ich meine Tochter, wenn alles gut geht. Haben wir uns soweit erst einmal verstanden?" Es klang jetzt ungeduldig. Sie wollte nicht über Geld diskutieren. Sie wollte einfach nur seine Zustimmung, für sie tätig zu werden.

Guido war total verdutzt, er hatte von dieser Frau, die ehrlich den Anblick einer grauen Maus machte, das Verhalten einer knallharten Partnerin, nicht erwartet. Aber er sagte: „Ja, das kann ich machen. ", denn er erinnerte sich an den Typen, der eigentlich besser als Zuhälter zu bezeichnen war, und meinte: „ich mache es, ich mache es! Geben Sie mir etwas Zeit zur Vorbereitung. Mit etwas Zeit, ich meine ein –oder zwei Tage. Ich melde mich wieder und dann erzählen Sie mir den Rest."

Frau Brunetti nickte. Sie senkte ganz langsam mehrere Male den Kopf zur Bestätigung und sagte dann lediglich: „ abgemacht."

Und dann kramte sie in ihrer Tasche und zeigte Guido ein kleines schwarzes Büchlein. -„Das wird Ihnen eine zusätzliche Hilfe sein!"

-„Ein Tagebuch?", staunte Guido und blickte auf das kleine schwarze Büchlein in ihrer Hand.

-„Schauen sie mal rein und entscheiden Sie selber. Dann will ich es zurück."

-„Ja, klar." Guido verabschiedete sich und machte sich zu einem kurzen Spaziergang auf, um ein klares Gedächtnis zu bekommen.

•

Also wanderte er in diese Gegend, in der sich, so hatte eine Broschüre, die er sich kürzlich besorgt hatte erklärt, vor 50 Millionen Jahren ein Meer erstreckt. Während der letzten Eiszeit soll hier der Rhein so hoch geflossen sein, am westlichen Felsabsturz vorbei, dass er an den Kalkwänden Höhlen ausgespült hatte. Diese Höhlen waren schon den Menschen in der Altsteinzeit bekannt, aber Siedlungsspuren finden sich erst etwa von der mittleren Steinzeit. Das war immerhin interessant und er ging los. Auf dem Weg zum Dorf, links zur Bahnunterführung stößt man auf einen kleinen Weg entlang der Bahnlinie bis zur asphaltierten Rebgasse, entlang einer alten Trockenmauer. Dann kommt eine Terrasse mit Tisch und Bank und von hier hatte er einen wunderschönen Blick über die Basler Bucht, die ihn an das berühmte Bild von Peter Birmann erinnerte. An der Klotzenspitze konnte man die Marken des Wasserstandes sehen.

116

Das Kloster unserer lieben Frouwe zu Istein war von Wasser umgeben und vom Dorf nur zu Wasser erreichbar. Das Kloster aus dem Jahre 1105 wurde 1387 durch Brand zerstört, steht auf der Tafel. Dann die Veitzkapelle am Klotzen wurde ursprünglich als Kapelle der alten Burg in einer Höhle errichtet und nach dem Krieg durch eine Sprengung der militärischen Anlagen zerstört, später wieder aufgebaut und ist von Frühjahr bis Herbst jeweils täglich geöffnet. Er ging noch durch das Dorf, vorbei an den meisten sehenswürdigen Gebäuden, die vom dortigen Museumsverein auf kleinen Metalltafeln erklärt werden. Dann das Stapflehuus, Vogtshaus, „Chänzeli", das alte Rathaus mit Zehntscheuer. Eindrucksvoll und er hatte eine Zeitlang wirklich Frau Brunetti vergessen.
Er nahm sich noch Zeit für Isteins ältestes Handwerkerhaus, den vollständig erhaltenen Dachstuhl, der jetzt unter Denkmalschutz steht und für das alte Schulhaus. Dann hatte ihn die Geschichte von Frau Brunetti bereits wieder in den Bann gezogen. Aber immerhin, er machte sich auf den Rückweg.

•

Nach dieser nicht allzu langer Wanderung erreichte er das Gebäude der Reha und ging direkt in sein Zimmer.
Dort griff er in das kleine Regal, löste die chinesischen Münzen von seinem Schlüsselbund setzte sich hin, vor sich das Buch „I Ging" und würde jetzt intensiv das Orakel befragen.

117

Er warf die Münzen ein erstes Mal.
„Chun, die Anfangsschwierigkeit", zeigte das
Zeichen. Die Beschreibung sagte ihm, dass sich
daraus die Bedeutung der Anfangsschwierigkeiten
ergibt. Die erste Begegnung die mit Schwierigkeiten
verbunden ist.

Das obere Zeichen „Kahn" ist das
Gefährliche. Die Lage deutet auf dichte,
chaotische Fülle. Das Urteil hierzu: fördernd
ist es, Gehilfen einzusetzen, da man das
Reich des Unbekannten betritt.

Konzentriere dich auf das Naheliegende und
ordne zunächst die weltlichen Dinge. Er warf
nochmal. Du musst Vieles tun, bevor du fest
im Sattel sitzt, kleine Anstrengungen
versprechen gutes Gelingen. Aber sei
vorsichtig. Immer wieder der Hinweis
„versuche nicht, ohne Hilfe zu meistern.
Behalte stets dein Ziel im Auge".
Und der Satz, den er nicht ganz einordnen
konnte „Kleine Beharrlichkeit bringt Heil,
grosse Beharrlichkeit bringt Unheil. Man darf
nicht Grossartiges gewaltsam durchbringen
wollen. Man muss, um im Unendlichen sich
zu finden unterscheiden und verbinden."

Guido schaute aus dem Fenster seines Büros,
sinnierend über diese Verse, dann band er seine
Münzen mit dem Lederriemen wieder zusammen
und räumte sie wieder zurück an ihren Platz im

Regal. Wie schon so oft hatte er nicht alles verstanden, aber der Weg schien ihm klar. Als Erstes brauchte er Unterstützung. Vor allem der letzte Satz war ihm im Gedächtnis geblieben.

Deshalb widmet sich der Edle der Politik und der Organisation.

-„Ja, Organisation", flüsterte Guido, „genau!, Ich werde das Ganze organisieren müssen". Noch einmal ließ er den Blick über das Rheinufer von Basel schwenken und sagte „Gut, jetzt brauche ich den Urs." Er griff zu seinem Handy auf dem Nachttisch, gab die Nummer von Urs ein und wartete.

-„Ja, Urs, Gott sei Dank bist du direkt dran und nicht dein nerviges Bändli!", sagte Guido. Er brachte dieses „AB" für Anrufbeantworter einfach nicht über die Lippen. Das war ein altertümlicher Ausdruck, den sein Grossvater früher für „Abort" benutzt hatte. Für ihn war das einfach a Schisshus".

- „Jajaja" leierte Urs.

- „Urs, ich habe hier gerade einen Auftrag angenommen, bei dem ich deine Hilfe brauche. Aber wir müssen noch jemanden haben. Ich möchte das nicht am Telefon machen. Kannst du mich irgendwann hier in der Reha mal besuchen?"

-„Ja, natürlich, mache ich dann", meinte Urs langsam. Also Begeisterung war etwas anderes. Aber er würde kommen.

-„Nicht irgendwann, Urs, diesmal muss es schnell gehen. Kannst du morgen kommen? Sag mir eine Zeit, oder schick mir, wenn du abgecheckt hast, wann du kommen kannst und wir treffen uns. Ich bereite alles vor. Dank dir.", insistierte Guido und beendete das Gespräch, um weiteren Nachfragen aus dem Weg zu gehen.

-„ So", sagte Guido zu sich selber, „jetzt geht es mir besser. Jetzt kann ich sogar das schreckliche Nachtessen hier in der Reha genießen".

Er legte sich, noch völlig angezogen, kurz noch etwas aufs Bett und wartete auf die allabendliche Lautsprecherdurchsage, die auf die Zeit des Nachtessens erinnern würde. Dann fiel ihm etwas ein.

-„Herr Gott nochmal, Herr Gott nochmal", rief er verärgert und drückte die Rückruftaste seines Handys. Der Urs meldete sich.

- „Bring den Gummi noch mit, Tschüss." Guido beendete sein Gespräch ein zweites Mal abrupt. Jetzt nur keine Diskussionen.

Drogen, Nutten, Geld

Und es herrscht der Erde Gott, das Geld.

Friedrich von Schiller

Droge und Dreck – das sind die zwei Generäle des Elends.

Walter Fürst

Guido hatte diese nahezu unglaubliche Geschichte von Frau Brunetti über eine Stunde angehört. Er hatte sie angehört und geschwiegen. Und dann hatte sich seine immense Wut wie ein Tiefdruckgebiet in einer flachen Landschaft ausgebreitet.

Jetzt stand er auf dem grossen Parkplatz in Bad Bellingen und wartete auf seine zwei Unterstützer. Sie waren pünktlich, wie er erwartet hatte. Er sah sie schon von weitem kommen. Da war Urs der Denker, der „Professor". Und etwas vor ihm bewegte sich der Gummi auf ihn zu. Gummi war ein etwa 1,90 Meter grosser, athletischer Typ, den man erst auf den zweiten Blick Muskeln und Elastizität zuordnete. Sein Gang war elastisch, hoch aufgerichtet ging er federnd voraus und kam lächelnd auf Guido zu. Wie üblich kaute er seinen Kaugummi mit einer Intensität, die seine Kaumuskeln hervortreten ließen. Ob wirklich durch das jahrelange Kaugummi kauen diese Muskeln derart gewachsen waren war zu vermuten aber nicht sicher. Trotzdem, seinen Namen „Gummi" den hatte er weg. Jeder wusste wer Gummi war, „ach der, der Kaugummi kauende Kaumuskeltyp." Ja stimmt, das war der Gummi.

Der Professor, nämlich Urs, war etwas unscheinbarer. Nein, er war genau das Gegenteil vom Gummi. Er war ein Ruhe ausströmender Typ. Wer will oder kann schon in ein Gehirn hineinschauen. Aber für das, was sie vorhatten war er und sein Wissen unverzichtbar.

Sie begrüßten sich mit Handschlag und Guido sagte kurz angebunden „Danke, dass ihr gekommen seid! Ich gehe mal voraus."

Sie folgten ihm schweigend. Eine schmale Strasse rechts rein, wieder links, dann wieder rechts und standen bereits vor dem Haus, das Guido bereits bekannt war. Erinnerungen wurden wach und mussten verdrängt werden. Aber die Gedanken an Schwester Ingrid liessen ihn lächeln.

-„Geh bei mir zuhause einfach neben der Haustür rechts rum", hatte sie ihm bereitwillig in ihrer kurzangebundenen Art erklärt, als er sie gefragt hatte, ob sie nicht einen Ort für ihn hätte, an dem er mit zwei Freunden ein/zwei Stunden diskutieren könnte. Und zwar ungestört.

Sie hatte ihm den Raum spontan zur Verfügung gestellt. Kein „warum?", kein „ja wofür denn?". Das war eben Schwester Ingrid, wie er sie kannte!

-„Oben neben dem Haus ist noch ein Schuppen, hier hast du den Schlüssel, du kannst bleiben bis ich komme."

Dieses neben dem Haus ein „Schuppen" war wirklich untertrieben. Es war vor längerer Zeit vielleicht einmal ein Schuppen gewesen, aber irgendjemand hatte einiges an Geld hineingesteckt und aus dem Schuppen eine Art Wintergarten gemacht. Die ganze Front bestand aus Fensterscheiben vom Dach bis zum Boden, zwei gläserne Oberfenster, alles aus alten Holzbalken gestützt und sehr gepflegt.

-„Puh!", sagte der Gummi anerkennend.

Guido probierte den Schlüssel in der Tür rechts, die Tür öffnete sich und alle drei blieben erstaunt stehen.

Vor ihnen ein länglicher Raum, entlang der Wände waren lange Tische wie in einer Gärtnerei positioniert, vollgestopft mit Kakteen. Kleine Kakteen aber in riesigen Mengen. Sie hatte also eine Kakteensammlung! Und Guido hörte hinter sich den Gummi wieder „Puh!" sagen.

Als sie nach rechts schauten war dort ein Flipchart aufgestellt mit zwei angehefteten Zetteln. Handschriftlich war dort aufgeführt „Greisenhaupt ist verkauft, Schlumbergera ist verkauft." Keiner von ihnen konnte mit diesen Ausdrücken etwas anfangen. Sie waren sicher nicht gemeint!

-„Schlumbergera, Schlumbergera?", sinnierte der Gummi.

Urs grinste: „Ja, Schlumbergerli ist für mich eigentlich ein Weggli, eine Semmel, aber Schlumbergera, ich weiß nicht, aber ich schätze es ist auch einer von den Kaktus oder Kakteen, oder wie heißen die Dinger eigentlich in der Mehrzahl?"

-„Kakteen", half Guido grinsend aus.

- „Kommt rein und setzt euch!"
Schwester Ingrid hatte liebevoll für sie etwas vorbereitet. Auf dem runden Tisch, in der Mitte des Raumes, hatte sie eine Kaffeemaschine hingestellt, Kaffeepulver, Wasser, Zucker, Rahm. Sie hatte nicht einmal vergessen, die Kaffeemaschine auch an den Strom anzuschließen. Sie setzten sich. Mit einem „Isch halt scho a Liebi", ergriff Guido die Initiative und kochte Kaffee. Als alle, immer noch erwartungsvoll schweigend, ihre Tassen gefüllt hatten, begann Guido loszulegen.
-„Tja", sagte er und kratzte sich am Hinterkopf. Er wusste nicht wie er anfangen sollte, schaute unsicher auf seine Schuhspitzen.
-„Jetzt fang schon a", meinte Urs. „Wir sind doch unter uns!"
- „Na gut", sagte Guido „es geht also um Folgendes; ich habe einen Auftrag angenommen den ich alleine nicht meistern kann. Es wird eine harte Sache und ich möchte es in eine Kurzform bringen. Drogen, Nutten, Geld wären die Kürzel."
Gummi pfiff durch die Zähne. Wie er das trotz Kaugummi schaffte wussten sie nie.
-„Dann leg mal los", sagte Gummi, holte ein kleines Stückchen Papier aus der Tasche, steckte den ausgelutschten Kaugummi rein, öffnete ein neues Päckchen mit Spearmint Geschmack, und schob es sich genussvoll zwischen die Lippen. „Ich höre zu", seine Kaumuskeln begannen intensiv ihre Arbeit zu verrichten.
- „Diese Frau", sagte er und warf ein DINA4-Bild auf den Tisch zwischen ihnen. „Diese Frau müssen wir suchen. Und so wie ich die Sache einschätze ist es

ein gefährliches Unterfangen und deshalb habe ich euch hierher gebeten und nicht in mein Büro. Gebeten habe ich gesagt! Ich möchte zuerst wissen, ob ihr wirklich mitmachen wollt? Ich möchte euch nicht in ein derart gefährliches Unterfangen reinziehen und an irgendwelchen Sachen nachher Schuld sein. Ihr müsst euch selber entscheiden, ich bin euch nicht böse, wenn ihr nein sagt. Wir werden es mit Typen zu tun haben die vor nichts zurückschrecken. Deshalb will ich euch schützen. Ihr zwei werdet im Hintergrund arbeiten, ich kann es nicht riskieren, dass ihr die Frontarbeit übernehmt, das mache ich, aber ich brauche Hilfe, die im Hintergrund arbeitet. Wir müssen diese Frau in Basel suchen, das scheint sicher zu sein. Ihre Mutter hat mich beauftragt, den Namen sage ich euch noch nicht, eins ist jedoch sicher, sie hat Geld wie Heu. Wir müssen uns also keine Gedanken um Geld machen. Trotzdem müssen wir versteckt und sicher arbeiten. Ich habe deswegen folgendes vorbereitet."

Er griff in seine Tasche und holte drei Handys heraus.

- „Hier habe ich drei Prepaid Handys. Alles schon vorbereitet. Diese Handys werden unser Kommunikationsmittel sein und nur diese Handys, wenn es um diese Sache geht benutzen. Nie irgendetwas anderes. Alles was man als SMS geschickt hat sofort löschen. Wenn irgendwas passiert dürfen auf uns keine Rückschlüsse gezogen werden können. Und noch etwas. Die

Schugger[7] sind noch nicht in dieser Angelegenheit tätig. Wir sind also vorerst noch alleine. Jetzt meine Frage: macht ihr mit? Überlegt gut und nochmal, hier handelt es sich nicht um "Ginggernillis"[8], es könnte wirklich hart werden. Also nochmal, wollt ihr mitmachen, ansonsten trinken wir aus, reden ein bisschen und alles bleibt beim Alten".

-„Ist doch klar", meinte Urs „natürlich machen wir mit und der Gummi macht auch mit", Gummi nickte ernst zustimmend und brummte „ja natürlich!" Und dann schob er nach „das mit dem vielen Geld stimmt wirklich? Können wir da für uns auch etwas absahnen?"

-„Natürlich", sagte Guido „Die Mutter des Mädchens ist sehr, sehr daran interessiert, ihre Tochter zu bekommen. Und sie wird viel investieren."

Guido wartete noch etwas, ob es doch noch anders lautende Reaktionen geben würde. Es kam nichts.

-„ Gut", meinte Guido „also wir drei sind alle dabei." Wieder ein Nicken und Guido begann zu erzählen. Er erzählte ihnen das, was er von Frau Brunetti gehört hatte. Ihre Tochter war plötzlich verschwunden. Niemand wusste etwas. Die Freundin wusste etwas oder wusste nichts, man erinnerte sich, wo sie zuletzt gewesen war, in welchen Clubs man sie gesehen hatte und er erzählte ihnen von dem Zuhälter, den er zusammen mit Frau Brunetti beobachtet hatte mit seinem roten Mustang , wiederholte nochmal das, was Urs

---

[7] Polizei. Hatte früher Kautschuksohlen. Der Spitzname Kautschuker führte dann zu „Schugger"

[8] Kleinkram

inzwischen über diesen Zuhälter rausgefunden hatte. Wie er aussah, er legte ihnen ein paar Bilder vor, zeigte ihnen die Tätowierungen, die der Zuhälter am Unterarm hatte.

-„So", sagte er „ihr werdet euch wundern, aber mehr habe ich nicht" Er schaute sie fragend an.

-„ Ich habe mir folgendes vorgestellt. Ihr fahrt nachher wieder nach Hause und benehmt euch so wie immer und ich mache mich auf die Suche. Ich werde euch jeweils berichten, was ich mache, was ich rausgefunden habe, aber ihr werdet selber nicht aktiv. Erzählt nichts, ihr wisst von nichts. Wir kommunizieren mit diesen drei Handys und wir benutzen die Polizeicodes, die wir ja schon einmal benutzt haben und keine Namen, nichts was zu uns zurückführen könnte. Wie ihr seht, sind die Handys mit einem Aufkleber versehen, eins, zwei und drei. Eins bin ich, zwei ist Urs, drei ist Gummi. Namen werden nicht verwendet. Ihr dürft das Ganze nicht unterschätzen, das ist ein heißes Eisen. Haltet euch dran."

Urs und Gummi testeten kurz, ob die Handys funktionieren, ob sie alles beherrschen. Alles funktionierte bestens. Sie steckten die Handys ein und gossen sich Kaffee nach. Gummi meinte zu Guido:" Du hast das also so organisiert, dass wir, sozusagen die Dänggbybeli[9] sind und du machst die Hauptarbeit, richtig?"

---

[9] Gehirn

127

-„Ja", sagte Guido „aber wir teilen alles was wir von Frau Brunetti bekommen durch drei, falls du das meinst.

-„Gut, dann hätten wir's also erst mal." Sie standen alle gleichzeitig auf.

-Eins noch", hielt Guido sie zurück „Mir ist eure Sicherheit wichtig. Auf mich kann ich selber aufpassen."

- „Was soll das denn jetzt heissen?", fragte Gummi irritiert.

- „Nun", meinte Guido „Ich werde unterwegs sein, auch an gefährlicheren Orten und ich und nur ich werde Fragen stellen. Nur ich! Ich werde an allen möglichen Orten Fragen stellen und irgendwann, da bin ich sicher werde ich auffallen mit meinen Fragen. Aber bis dahin werde nur ich, nur ich Fragen stellen. Ihr haltet euch da raus. Ihr seid sozusagen mein Backoffice."

-„Oh Gott, oh Gott", sagte der Professor „jetzt wird's wirklich ernst, er redet Englisch. Aber ich versteh schon!"

- „Wenn ich euch wirklich brauchen sollte und mit euch meine ich eigentlich eher den Gummi mit seinen kämpferischen Fähigkeiten."

Gummi setzte sich gerade und holte Luft für eine längere Rede. Guido unterbrach seinen Redeversuch mit einer Handbewegung „ist gut Gummi, ich weiss schon Bescheid." Und Gummi sagte nichts mehr.

-„Aber da wollen wir im Moment gar nicht dran denken. Ihr habt das Bild der vermissten Person, das dürft ihr auf keinen Fall rumzeigen, der Name

Brunetti darf nicht von euch verwendet werden. Für uns ist sie einfach Frau „B".
-" und, was uns drei betrifft, wir dürfen auch nicht auffallen. Wir werden uns nicht immer am gleichen Tag zur gleichen Stunde am gleichen Ort treffen. So einen Quatsch macht man vielleicht im Krimi, wir machen das nicht. Wir treffen uns an verschiedenen Orten und vor allen Dingen nicht an den Orten an denen wir bisher schon gewesen sind. Das fällt am Wenigsten auf. Also werden wir mal ins „Schiefe Eck" gehen, wir werden mal ins „Pollo Loco" gehen, aber nie zur gleichen Zeit und miteinander. Wir treffen uns so, als ob wir uns zufällig mal wieder getroffen hätten. Und ansonsten, keinesfalls in meinem Büro im Grossbasel und auch nicht bei uns zuhause. Derartige Verbindungen dürfen wir nicht zulassen. Es wird gefährlich, ich sag's euch. Ich schreie dann schon um Hilfe, wenn ich euch brauche. Seid ihr auch damit einverstanden?"
Die Beiden nickten ernst. Jetzt, nach Guidos unüblich langer Rede, war es ihnen eigentlich erst so richtig bewusst geworden, auf was sie sich eingelassen hatten.
-„Jaja, jaja", hörte Guido.
Und dann „Gut, verlassen wir diesen gastlichen Ort", meinte Guido und räumte gleichzeitig die Tassen zusammen, stellte sie in einen kleinen Schrank, der normalerweise für Kakteen vorgesehen war und schaute irgendwie eigenartig nach unten. Urs fragte langsam, mit breitem Grinsen: „Was ist" Ist sie hübsch?"

-„Das goht di a Schissdreck a", sagte Guido und stand auf. Schliesslich musste er noch Schwarzwälder Kirschtorte kaufen.
Seine beiden Kumpane verließen den Wintergarten, und schlenderten zurück in Richtung REWE-Parkplatz. Für Guido war es noch etwas zu früh also ging er nochmals in die nahegelegene Reha und bereitete sich auf seinen „Dankeschön-Besuch" vor.

Eine misshandelte Person

Trennung der Freundschaft
gibt einen Prüfstein der Freundschaft.
Menander

Eine hellblaue Vespa hatte in Weil die Grenze von Deutschland in die Schweiz überquert und befuhr jetzt zügig den Riehenring in Richtung Clarastrasse.
Es war eine Vespa 125 Primavera, die ursprünglich und im Original eigentlich nur in 2 Farben erwerblich war. Einmal in weiss und einmal in braun, in braun-metallic zwar. Die eine Variante hatte eine schwarze Sitzbank und die braune wurde im Original mit cremefarbener Sitzbank geliefert.
Diese Vespa jedoch war anders! Die Besitzerin hatte sie in hellblau spritzen lassen.
-„ Eigesinnigs Maidli", hatte Guido geknurrt. Aber irgendwie waren all seine Bekanntschaften sehr auf „direkt und eigensinnig" gestrickt.
Die Besitzerin erklärte, wenn man sie darauf ansprach, sie hätte eben bereits einen Helm besessen, und der wäre in einem derart schönen hellblau gewesen. Also hätte sie kurz entschlossen ihren Roller an die Farbe ihres Helms angepasst.

-„Andere passen den Helm an ihren Roller an, ich mache es eben umgekehrt." Inzwischen war die Geschichte so bekannt, dass jeder wusste, wenn eine hellblaue Vespa vorbei fuhr, darauf eine Frau mit hellblauem Helm und flatternden blonden Haaren sass, dann war es Hanna. Hanna, die Fuchs Teufels wild wurde, wenn jemand sie Hanni nannte, weil dann erfahrungsgemäss noch ein „und wo ist denn die Nanni?" folgen würde.

Und diese Hanna war nun unterwegs zur Arbeit. Sie arbeitete normalerweise morgens um 10:00 Uhr in der Nähe der Clarastrasse und kannte diesen Weg wie ihre Jackentasche. Als sie die Brücke über die Wiese befuhr, wurde sie – wie jeden Tag - von sechs still sitzenden Möwen begrüsst.

Die Möwen sassen jeweils morgens auf dem Brückengeländer, aufgereiht, wie bei einer Perlenkette. Hanna grüsste die sechs Möwen mit einem „Hallo, ihr lieben!"

Die Möwen, die ansonsten eher durch sehr lautes Gekreisch auffallen, nahmen den Gruss unbeweglich und still zur Kenntnis. Hochmütig wie sie waren, grüssten sie auch nicht zurück.

-„Normalerweise solltet ihr laut kreischen!", murmelte Hanna. Sie erinnerte sich, wie ein Seebär ihr im Urlaub einmal erzählt hatte, dass Möwen immer so laut kreischen, um sich gegen Wellen und Wind akustisch durch zusetzen.

-„Ist ja auch egal! Ihr seht jedenfalls schön aus. Das freut mich jeden Morgen aufs Neue.", murmelte sie versöhnlich.

Hanna fuhr an der rechts etwas zurückliegend gelegenen Firma vorbei, die lange Zeit durch ein

Basler Kultgetränk bekannt war. Nahezu jeder Basler kannte noch das blau-weiss verpackte „Frank Aroma". Viele hatten möglicherweise noch immer den starken Röstgeschmack der Wurzelzichorie in der Nase, der über diese Viertel zog. Es gehörte damals einfach dazu! Kaffee war in der Vergangenheit ein teures Getränk und wurde durch ein Ersatzprodukt ersetzt. Nicht umsonst sagte man: „Kaffee, Tee und Läckerli bringt de Bur ums Aeckerli", was auch zeigt, dass sich früher um ein Luxusprodukt gehandelt hatte. Und dieses Ersatzprodukt, den Päckli-Kaffee, hatte auch Hannas Mutter verwendet. Später hatte Hanna noch lange Zeit beim Kaffee aufbrühen einen Löffel Zichorien Pulver zugefügt.

-„Wegen dem Geschmack!", kommentierte sie jeweils und Hanna antwortete genauso regelmässig: „Wegen des Geschmacks."

-„Das kommt halt vom Dialekt!", erklärte dann ihre Mutter die leichte grammatikalische Entgleisung. Für Hanna bedeutete es zudem, dass der Kaffee Ihrer Mutter bitter war und mehr Milch zugefügt werden musste.

•

Hanna fuhr nun den Riehenring in östliche Richtung und war hier ganz besonders vorsichtig, denn in dieser Gegend war eine bekannte Kontakt- und Anlaufstelle für Drögeler. Und Drögeler benehmen sich häufig nicht ganz wie man es üblicher Weise von Verkehrsteilnehmern erwarten kann. Fahrzeuge und andere Verkehrsteilnehmer sind für sie einfach nicht existent.

Und richtig, links sah sie schon den kleinen Schuppen und von überall her strömten laut redend, ob untereinander redend oder mit sich selber redend Drögeler auf diese Kontaktstelle zu. Und diese Leute nahmen, wie bereits bemerkt, keine Rücksicht auf den Strassenverkehr, auf Autos und Roller. Sie gestikulierten rum und liefen einfach über die Straße. Wie oft hatte Hanna erlebt, dass sie bald in Autos reingelaufen wären. Sie drehte besorgt das Gas zurück und fuhr langsam.

Diese Kontakt- und Anlaufstelle wird von jenen konsultiert, die hauptsächlich illegale Drogen konsumieren. Hier finden sie Unterstützung. Man zeigt ihnen auch, meistens wollen sie es nicht, aber man zeigt ihnen, oder versucht sie darauf hinzuweisen, wie man umgeht mit Risiken, wie man umgeht mit Suchtmitteln.

In der Anlaufstelle stehen ein Injektionsraum, ein Inhalationsraum und auch Konsolen für den nasalen Gebrauch zur Verfügung. Die Betroffenen können hier mitgebrachte Drogen konsumieren. Also erscheinen sie morgens und warten auf die Öffnung. Der Konsum erfolgt unter hygienischen Bedingungen und fachlicher Aufsicht. Die Verwendung sauberer Spritzen ist gewährleistet und es wird auch dafür gesorgt, dass gebrauchtes Injektionsmaterial entsorgt wird. Eine Zeit lang stehen die Drögeler noch mit leeren Augen in der Gegend rum, setzen sich auf die Steinmauern, die sie gerne als Bänke benutzen und etwas entfernt vom Spritzenhuesli sind, warten und dann gehen sie quasi sternförmig auseinander und der Platz ist wieder leer. Das wusste Hanna natürlich, aber heute war etwas anders. Was war heute anders? Sie schaute nach links und rechts, fand aber nicht heraus, was es sein könnte. Trotzdem, irgendetwas war anders als sonst. Sie fuhr schließlich jeden Morgen hier vorbei. Was war los? Was, um Himmelswillen, war anders? Es liess sie nicht los. Sie hielt an, schaute nach links, dann fuhr sie weiter, kehrte um und war jetzt etwas näher am Geschehen.

-„Verdammt!",

Dort oben, bei einer dieser kleinen Mauern, bei den mit Steinen gefüllten Käfigen, war eine Gestalt!. Eine weibliche Gestalt. Sie saß auf einer Bank und hatte den Kopf irgendwie so eigenartig schief gelegt, unbeweglich.

Nun, in dieser Umgebung mit den Drögelern und deren zombiehaftem Benehmen ist das immer noch nichts Auffälliges. Aber diese Gestalt war völlig unbeweglich und eigenartigerweise hatten sich die übrigen Personen etwas zurückgezogen. Es erweckte den Anschein, dass sie offensichtlich damit nichts zu tun haben wollten. Ein gewisser Abstand von dieser Gestalt wurde eingehalten und das wiederum ist in dieser Gegend eigentlich nicht üblich. Man liebte es hier eher grüppchenweise. Man stand und diskutierte.

Hanna stellte ihren Roller in einer der Seitenstrasse ab, ging zu Fuss zurück und schaute dann genauer hin. Noch war sie zu weit weg. Sie traute sich nicht durch diese abgerissenen Gestalten hindurchzugehen und nachzuschauen, aber sie blieb da und dann murmelte sie „Nein, ich muss mich da einmischen, da stimmt etwas nicht. Da stimmt etwas nicht, da stimmt etwas nicht." Sie huschte zurück zu ihrem Roller und holte ihren kleinen Rucksack aus dem Gepäckfach an der linken Seitenbacke ihrer Primavera und kramte nervös nach dem dort gut verbuddeltem Handy. Eigenartigerweise rief sie nicht spontan bei der Polizei an, sondern sie rief bei ihrem Freund Guido an. Ob sie da nun mehr Vertrauen zu Guido hatte, oder lieber nicht mit reingezogen werden wollte, hat nie jemand erfahren. Aber Guido war sofort am Telefon.

-„Gott sei`s getrommelt und gepfiffen!", rief sie.

-„Was ist denn?"

-„Du Guido, ich bin auf dem Weg zur Arbeit und hier am Spritzenhüsli ist etwas seltsam. Hast du Zeit?"

- „Jaja, klar, was ist denn?" Guido war elektrisiert. Hanna klang anders als sonst.

- „Ja, da ist so eine Gestalt, unbeweglich, ganz eigenartig."

-„Was ist an einer unbeweglichen Gestalt denn derart auffällig?"

-„Aber auch der Rest der Drögeler benimmt sich anders als sonst. Ehrlich, ganz eigenartig."

- „Na gut", sagte Guido und schwieg dann, als ob er bereits eine Vorahnung hätte, was das sein könnte. „Ich komme."

-„ Aber schnell!" Hier stimmt etwas nicht!

-„Ich komme ja, du *Fägnäscht*[10]."

---

[10] Unruhige Person

Fünf Minuten später war er bereits da. Die Gestalt saß immer noch gleich da, unbeweglich, den Kopf schief und keiner kümmerte sich um sie, machten einen Bogen um sie..
Für Guido war die Sache sofort klar.
-„Pass auf", sagte er „Du rufst jetzt de Schmier[11] auf dem Claraposten an und sagst, du hättest eine Gestalt in der Nähe vom Spritzenhüsli gesehen, als du zur Arbeit gefahren wärst und da wäre etwas irgendwie eigenartig. Sie sollten doch mal vorbeikommen. Mich erwähnst du gar nicht. Und dann fährst du zur Arbeit. Klar? Du sollst da nicht reingezogen werden. Ich habe da eine schlimme, eine ganz schlimme Vorahnung."
Hanna schaute ihn mit grossen Augen an. Sie kannte ihn und verkniff sich weitere Fragen. Sie rief bei der Polizei an und fuhr dann zur Arbeit.
Guido wartete noch etwas und dann kam auch schon ein Polizeiwagen. Der Wagen wurde abgestellt, Blaulicht blieb eingeschaltet. Drei Uniformierte, zwei Männer und eine Frau stiegen aus und schauten sich um. Die Umgebung zeigte nichts Ungewöhnliches.
Die Zombie-Drögeler hatten sich bereits, als sie gesehen hatten, dass da ein Blaulicht zu ihnen unterwegs war, verzogen. Polizei sieht man hier nicht gerne.
Der kleine Park mit den steinernen Sitzgelegenheiten war leer bis auf diese eine Frau, die dort oben irgendwie unbeweglich sass. Dann

---

[11] Polizei

bewegten sich die Polizisten vorsichtig auf die sitzende Person zu.
Guido kannte derartige Abläufe der Einsatzkräfte von früher und ging mit, als ob er gerade erst vorbeigekommen wäre. Er war ein uninteressierter Passant. Die Polizisten kümmerten sich zuerst nicht um ihn und er hatte Zeit, die Gestalt näher zu betrachten. Ein blutverschmiertes Gesicht, zerrissene Kleider, immer noch unbeweglich. Das, was er sehen konnte war keine Frau, die er kannte. Viel war auch nicht zu sehen von dem Gesicht. Es war lilafarben angelaufen und stark aufgedunsen. Ein Polizist in Zivilkleidern, den Guido von früher kannte, kam jetzt hinzu. Hochaufgeschossen, wie immer selbstbewusst.

-„Hallo Herr Major! Immer noch so bissig und selbstbewusst, wie früher!", flüsterte Guido verbissen in sein Taschentuch, mit dem er automatisch etwas sein Gesicht verdeckte.

Vergangenes kam wieder hoch, wie zuviel Magensäure.

Hans Meili vom Fahndungsdienst war lange Zeit sein Kollege bei der Sicherheitspolizei gewesen. Major Meili, der Eisenfresser.

Wieso war er jetzt hier? Wieso jetzt eine Spezialformation im direkten Einsatz? Nur wegen einer Frau bei den Drögelern?

 Er musste befördert worden sein, denn normalerweise ist in der Hierarchie der Kantonspolizei ein Major direkt dem Kommandanten unterstellt.

Major Meili bellte kurz angebunden und bissig:

-„Was haben wir?

-„eine 107[12]

-„Näheres?"

-„Weibliche Person"

-„Näheres?"

-„Schwere Verletzungen"

-„Näheres?"

-„Unklar"

-„Also eine Jane Doe!"

Zwei Polizisten sahen sich vielsagend an. Seit Major Meili zwei Monate zum Austausch in den USA gewesen war, hatte er dieses John Doe „und Jane Doe – Getue" nicht mehr ablegen können. In den Vereinigten Staaten ist es eine übliche Praxis, dass nicht identifizierte Personen generell mit „Jane Doe" oder „John Doe" bezeichnet werden.

-„Sieht stark nach Bestrafung aus. Da wollte jemand, dass sie gefunden wird. Eine Meldung verschickt man nur, wenn man sicher ist, dass sie auch empfangen wird. Da hat jemand eine besondere Vorstellung von Humor!" Major Meili war wieder auf dem Boden der Tatsachen angekommen.

Der vor ihm stehende Kollege nickte zustimmend.

-„Wo ist die Handtasche?"

-„Nicht aufgefunden."

-„ Weiter suchen! Eine Frau ohne Handtasche gibt es nicht! Los, los!

---

[12] Code für Leiche

139

Guido hatte genug gehört: „Major Meili der Eisenfresser war zwischenzeitlich zum Frauenkenner mutiert. Super Vorstellung."
Er zog sich zurück, bekam aber noch aus den Augenwinkeln mit, wie sich ein Polizist die Gestalt näher ansah und sofort reagierte, als er ein leichtes Zucken der Augenlieder bemerkt hatte.
-„Sie lebt! Sie lebt!", schrie er. Halb überrascht, halb erfreut.
-„Tatort absperren!", brüllte Major Meili.

Jetzt blieb Guido doch noch stehen. Ein gelb-schwarzes Absperrband wurde in einigen Metern um die Gestalt gezogen und Guido wurde untersagt, näher zu kommen. Das bedeutete, es war ein Tatort! Und seitens der Polizei war ein Spezialist am Ball!
Die Polizisten hatten sofort begriffen, was los ist. Hier ist ein Tatort, diese Gestalt braucht dringend Hilfe und muss geschützt werden. Und das machten sie sehr professionell.

Guido konnte gar nichts mehr machen. Es wäre zu auffällig, jetzt und hier gezielt Fragen zu stellen. Er ging auf die andere Straßenseite und beobachtete von dort, was seitens der Polizei unternommen wurde. Und dann war auch schon ein Rotkreuzwagen unterwegs. Das wiederum bedeutete, dass die Person am Leben war. Tote werden nicht mit dem Rotkreuzfahrzeug transportiert.
Es wurden massenweise Fotos gemacht, die Gestalt wurde auf eine Bahre gelegt und

abtransportiert. Und dann überliess man die
weiteren Abklärungen den Fachleuten den weissen
Ganzkörperkondomen, der Spusi.

Guido zog sich zurück. Er wollte, das hatte er sich
fest vorgenommen, nicht in irgend etwas
hineingezogen werden, zumal er im Moment auch
gar nicht wusste, was los war. Ihn irritierte immer
noch die Anwesenheit von Major Meili.

Er setzte sich in seinen Wagen und fuhr zurück in
sein Büro. Es war 10:30 Uhr morgens und er konnte
noch nicht seine Freunde benachrichtigen,
deswegen setzte er sich an seinen Schreibtisch und
überlegte. Wer war diese Frau? Das Ganze konnte
Zufall sein, das konnte jemand sein, den er gar
nicht kannte. Er sollte sich täuschen!

•

Die Vermutung, dass er diese Frau kannte, ließ
Guido nicht zur Ruhe kommen. Ob 10:30 Uhr hin,
10:30 Uhr her, er musste es wissen und rief Frau
Brunetti an. Er erzählte ihr von der Frau, die er da
gesehen hätte, die zusammengeschlagen worden
war oder vielleicht auch noch Schlimmeres und
fragte, ob Frau Brunetti sich vorstellen könnte, wer
das ist, ob das vielleicht mit Beatrice einen
Zusammenhang hätte.
-„Tja, das weiß ich auch nicht", meinte sie „könnte
sein, was hatte sie denn an?" Guido dachte nach, er
hatte eigentlich nur ein Blutverschmiertes Kleid
gesehen, ein blutverschmiertes Gesicht und

dunkelblonde Haare, das war nicht viel. Er sagte es
Frau Brunetti und sie schrie auf. „Dunkelblonde
Haare? Lange Haare? Was war das für ein Kleid?"
Er sagte, „Ich meine es war längsgestreift, schwarz-
weiß".
Keine Antwort.
-„Sind sie noch da?"
Frau Brunetti war still und dann keuchte sie
regelrecht in das Telefon „Mein Gott, ich vermute,
nein ich bin fast sicher, es ist die Freundin meiner
Tochter. Mein Gott. Mein Gott, was ist da los?" Er
hörte ein lautes Poltern. Offensichtlich war ihr das
Handy zu Boden gefallen. Dann kam nichts mehr.
Guido unterbrach das Gespräch.

Für Guido war klar, dass er alte Kontakte
reaktivieren musste. Jetzt war wichtig, in
irgendeiner Form an den Arztbericht zu kommen.

Der Arztbericht

Guido sah die Kopie des Arztberichtes durch.
Rechtsmedizinisches Gutachten/ nicht gesicherte Personalien.
Guido las weiter.
Vorgeschichte: Es wurde mitgeteilt, dass sie am Abend vorher Alkohol getrunken hatte, am nächsten Morgen sei sie in einem Bett aufgewacht und konnte ihre Umgebung nicht zuordnen. Es bestand keinerlei Erinnerung, wie sie dorthin gekommen war. Es wurde Blut, Verunreinigungen in Strumpfhose und Slip gefunden. Sie hatte das selber festgestellt und befürchtete, vergewaltigt worden zu sein. Dem Arzt gegenüber gab sie an, Schmerzen im Unterbauch zu haben.
Rechtsmedizinischer Untersuchungsbefund: Eigenen Angaben zu Folge beträgt ihre Körpergröße 169 cm, Körpergewicht 69kg. Sie gibt an, Linkshänderin zu sein. Sie ist wach, einigermaßen orientiert aber psychisch sehr auffällig.
Spurensicherung: Wattetupferabriebe der Bissspuren , Übertragung der Bissspuren auf Folie, Wattetupfer Abstriche vorderer und hinterer Scheideneingang, Blut und Urin für chemisch-toxische Untersuchungen sicher gestellt.
Beurteilung:

Es wurden folgenschwere Gewalteinwirkunengen gegen das Gesicht und Gesäß festgestellt. Die Verletzung beider Brustwarzen ist nach Angaben der zugezogenen Ärzte durch Bisswunden verursacht worden. Zirkuläre Rötungen an den Handgelenken sind darauf zurück zu führen, dass Fixierungen erfolgt sind. An beiden Gesäßhälften wurden flächenhafte Rötungen festgestellt. Auch dies sind Folgen stumpfer Gewalt. Ursache dürften Schläge mit einem stumpfen Material sein. Die durchgeführte gynäkologische Untersuchung ergab tiefe Schleimhauteinrisse. Dies deutet ziemlich sicher auf eine Penetration mit einem Gegenstand hin. Ein Vortest auf Spermasekret verlief positif.

Es wurde Sperma von mindestens 2-3 Personen festgestellt. Die weiterführenden chemisch-toxikologischen Untersuchungen ergaben keine Hinweise auf eine Alkoholisierung oder Beeinflussung durch Medikamente oder Betäubungsmittel zum Zeitpunkt der Untersuchung.

Kein Nachweis von GHB im Urin. Dies schließt jedoch eine Verabreichung von sogenannten k.o. Tropfen nicht aus, da der Nachweis in der Regel nur bis zu 6 Stunden im Blut nachweisbar ist.

Guido legte die zwei DIN A4 Seiten sehr nachdenklich auf den Tisch zurück lehnte sich zurück und blickte stumm auf die Blätter. Dann nahm er sie sich nochmals vor, breitete sie vor sich aus, schaute nochmal auf den Text mit den geschwärzten Namen und wichtigen Daten, überflog ihn wiederholt, und steckte ihn dann zurück in das unscheinbare, braune Kuvert. Er hatte die Unterlagen von einem, aus früheren Zeiten befreundeten Mitarbeiter der Gerichtsmedizin erhalten.

- „Aber du darfst nichts damit machen. Ich werde leugnen, dass ich dir jemals so etwas gegeben habe.", hatte er eindringlich gesagt.

- „Ich stecke da sonst fest mit drin. Die Namen musste ich leider schwärzen. Die Fotos musst du umgehend vernichten."

-„Jaja" Kannst dich auf mich verlassen!", Guido nickte vor sich hin. Klar das musste er.

-„Aber ich weiß ja wo der Hase läuft. Die Namen könnte ich dir auch nennen. Und, bitter hob er den Kopf, schaute aus dem Fenster und sagte „ich weiß auch wer der verantwortliche Kopf ist.

Er schaute immer noch in die Ferne, als ob aus der Rheinebene Hilfe zu erwarten sei.

- „Ich bin mir bewusst, dass ich vielleicht auch etwas Schuld habe. Das ist besonders bitter." Dann war er eine Zeit lang wieder still. Sein Mund war ein schmaler Strich, als er flüsterte:

-„Okay, da müssen wir schnellstens handeln."

Er griff zu seinem Handy, rief die SMS Funktion auf und gab einen kurzen Text ein:

Brauche 029.
Es gibt 233.
044 in meinem Büro 16:00 Uhr.

Er schickte es umgehend an die anderen zwei Handys seiner Freunde. Sie müssten reagieren und jetzt, jetzt würde es wirklich hart werden.
Um 16:00 Uhr und zwar um Punkt 16:00 Uhr standen Urs und Gummi vor seiner Tür. Er ließ sie eintreten, sagte kein Wort.
Sie setzten sich wortlos um den Tisch am Fenster und sahen ihn erwartungsvoll an.
Guido räusperte sich. Er wedelte mit einem braunes Kuvert in der Hand und begann dann mit belegter Stimme:
- „Ich weiß nicht, was ihr bereits gehört habt, aber allem Anschein nach ist jemand vergewaltigt worden. Ich habe hier Unterlagen, die werde ich euch jetzt geben. Daraus könnt ihr nichts ersehen, was Auskunft darüber gibt, um wen es sich handelt, aber ich sage es euch jetzt. Ihr müsst es für euch behalten, aber ihr müsst es einfach wissen. Es handelt sich um die Freundin von jener jungen Frau, die wir suchen. Und sie ist nicht nur vergewaltigt worden, sie ist auch schwer misshandelt worden. Es liegen Hinweise auf sexuelle Gewalt, vaginal, anal vor, alles etwa im selben Zeitfenster. Das ist so meine grobe Einschätzung nachdem ich das gelesen habe. Wir müssen warten bis sich ihr Kreislauf erholt hat. Aber vorerst Folgendes: Ich bin sicher, dass es bei dieser jungen Dame um die Freundin von Bea handelt, um Liliane. Irgendwie war auch ich", er stockte, räusperte sich etwas, und fuhr dann fort „unvorsichtig, als ich etwas rumgefragt habe. Und die betreffenden Personen haben offensichtlich schnell reagiert. Sie verbreiten Angst und Schrecken. Sie haben sie sich gegriffen,

brutalst misshandelt, vergewaltigt und sie haben sie anschliessend am Riehenring beim Spritzenhäuschen einfach abgelegt. Wie einen alten Mantel. Und per Zufall hat eine Freundin von mir sie gefunden. Ich konnte sie nur kurz anschauen. Ich kannte sie ja nicht persönlich, ich wusste nicht wer es ist. Jetzt ist mir Alles klar." - -- -„Aber", er schnaufte stark aus, „jetzt lest erst einmal die Unterlagen durch und dann werden wir diese vernichten, um nicht noch weitere Personen reinzuziehen. Ich habe meinem alten Freund versprochen, dass ich das so machen werde. Also, lest einmal durch und dann verbrennen wir's. Vergessen werden wir es nie mehr!"

Start der Ermittlungen

Kleinbasel, jener Teil Basels den Guido am besten kannte, besteht aus acht Wohnvierteln. Guido begann seine Ermittlungen auf dieser Seite Basels zu planen auf der er sich eben am besten auskannte, im Kleinbasel.
Er startete im Claraviertel und wollte dann im Uhrzeigersinn weiter nach Matthäus, Klybeck, Kleinhüningen und so weiter vordringen. Zuerst am Tag, dann würde er nachts unterwegs sein. Er hoffte zwar, diese eventuell ebenfalls nötigen, nächtlichen Ermittlungen nicht durchführen zu

müssen, da zu dieser Zeit die Angriffe und Übergriffe deutlich brutaler geworden sind. Er war sich durchaus bewusst, dass es umso gefährlicher wurde, je mehr er in die Untiefen der Zwangsprostitution und des Rauschgifts einsteigen würde. Zwar sind Junkies und auch Fixer kaum noch sichtbar, aber trotzdem zählt Guido die Stadt Basel zu den Drogenhotspots Europas. Drogen haben inzwischen auch die sogenannte Mitte der Gesellschaft erreicht, pflegte er zu sagen. Drögeler sind nicht mehr die Verlierer der Gesellschaft, sie sind auch in Basel nicht mehr sichtbar unter der mittleren Brücke oder am Rheinboard.

Heute würde er irgendwo um den Claraplatz anfangen. Zuerst einmal ganz gemächlich runter zum Rheinboard und dann würde er, so etwa gegen 11 Uhr einige Kontaktbars aufsuchen.

Kaum war er unten am Rheinboard und wollte gerade rechts daneben zum Klingental-Museum rauflaufen, dieses schmale Gässlein, als ihm der Filzli entgegen kam.

Der Filzli, gemächlich, mit seinem üblichen Rollwägelchen, das andere Leute zum Einkaufen brauchen, kam schlurfend auf ihn zu. Wie immer in seinem etwas zerrissenen, grauen Pullover, mit langem Bart, einer Strickkappe über den struppigen Haaren. Wie immer mit einem muffigen Gesicht.

Der Filzli hatte seinen Namen bereits vor Jahren durch den Verkauf eines seiner Produkte erhalten. Er hatte sich sozusagen in seinem Business auch einen Namen gemacht. Früher hatte er LSD auf dem Trägermaterial Löschpapier verkauft. Er hatte mit dieser Masche viele Kunden. Und da hatte man ihn auch folgerichtig in seiner Umgebung recht schnell den „ Filzli" genannt.

Heute verkaufte der Filzli zwar noch weiterhin diese „Ware", aber in seinen Kreisen war sie wegen der ungeliebten Symptome und Schädigungen eher selten geworden. Jetzt verkaufte der Filzli Waren, die er „Mickey Maus" nannte oder „Mikro" oder auch „Engelsstaub" oder „Schwalbe". Die lustigen Namen, die meistens auf den kleinen Pillen noch zusätzlich aufgedruckt sind, änderten nichts und auch gar nichts an den gefährlichen Nebenwirkungen, wie unkontrollierte Bewegungen oder die verhassten flash-backs, aber sie steigerten den Konsum.

Und zudem, illegale Drogen wie LSD, sind äusserst hart zu verkaufen. Aber trotzdem, er weiß es, seine Kunden können eben bereits für einen 20-er einen Trip einwerfen. Und LSD wiederum ist wegen der schlagartig einsetzenden Wirkung und der damit verbundenen Luststeigerung bei Kunden beliebt.

Sie meinen einfach, es führe zu einem, wie sie sagen, „Schneewittli", was so viel, wie „LSD Trip" bedeutet. Die beliebtesten sind seine „Redstars".

-„Na Filzli, wie geht's?", sagte Guido.

Der Filzli verlangsamte nahezu unmerklich seinen Schritt, ging aber weiter. Das war in der Szene bekannt. Der Filzli blieb selten stehen.

Er schaute ihn missmutig an. Das war nichts Aussergewöhnliches. Der Filzli schaute immer missmutig. Aber seine Augen wanderten von links nach rechts und rechts nach links.

-„Das ist halt der Filzli.", sagte Guido verständnisvoll vor sich hin nickend.

149

- „Ah, der Guido" nuschelte der Filzli und dann blieb er doch stehen.
- „Welche Ehre, er kennt meinen Namen.", sagte Guido.
-„Na, ja."
- „Rauchst du eine mit mir? Ich meine natürlich eine Zigarette, eine ganz normale Zigarette.", sagte Guido grinsend und deutete auf die vor ihnen stehende Parkbank.
-„Ja, klar" meinte der Filzli, schaute aufmerksam umher und beide setzten sich. Guido zog eine zerknautschte blaue Schachtel Zigaretten aus seiner Jackentasche, nahm eine für sich raus und gab das ganze Päckchen dem Filzli weiter.
-„Hier",
-„Oh, die Blauen! Starkes Kraut!"
Dann rauchten sie eine, zu reden gab es nicht viel und Guido wollte vorsichtig sein.
-„Wie läuft's hier so?" meinte er und der Filzli knurrte nur „war die ganze Nacht unterwegs, bin auf der Schnure."
-„ Hast du ein bisschen grünen Türken für mich?" meinte Guido und der Filzli nickte zustimmend zu dieser Wahl.
-„Du musst aber einen Moment warten, ich komme zurück." Er nahm die Schachtel Zigaretten mit und verschwand. Das war nichts Außergewöhnliches für Guido und er wartete. Der Filzli würde jetzt zu seinem Bunker gehen, den niemand kannte. Er war da sehr, sehr vorsichtig, denn das war sein Material, was er da versteckt hatte. Das war dann in irgendeinem hohlen Rohr oder unter einem Busch, wo auch immer, es wäre gar nicht nötig gewesen

hinterher zu laufen. Der Filzli war da so vorsichtig, dass man keine Chance hatte. Nicht einmal Guido, also wartete er. Er würde kommen, das wusste er.

Und richtig, er kam bereits fünf Minuten später. Der Filzli setzte sich wieder neben Guido.
-„Ging doch schnell, oder?" fragte er stolz.
-„Klar, du bist super!", lobte ihn Guido.
-„Früher, in meinen guten Zeiten, hatte ich jeweils eine Bong an verschiedenen Orten versteckt."
Guido zeigte sich interessiert und Filzli erzählte weiter:
-„ Und guter Shit, Junge! Ich hatte ein breites Angebot. Jeder, der sich eine Bombe[13] legen wollte. bekam es inklusive Papier in Windeseile."
Jetzt kam er richtig in Fahrt.
-„Und das war keine geile Scheisse sondern ich hatte sogar einige MDMA- Wunderdinger. Fuhr ganz schön heftig ein, Junge. Schiesst dir direkt in die Birne und alles wird easy. Zwei Pillen für einen Fuffy."
Der Filzli war jetzt so richtig im „Redefilm" angekommen.
Guido musste ihn etwas runterbringen und fragte:
„Keine Probleme beim Verkauf?"
-„Blödsinn! Kunde ruft an. Wir treffen uns. Beide halten sich an die Regeln. Alles einwandfrei. Alles ist ja ständig verfügbar."
Richtig stolz klang das. Der Filzli blickt jetzt sinnierend in die Ferne und sein Gesichtsausdruck

---

[13] Speed in Zigarettenpapier eingehüllt

151

verdunkelte sich etwas. Dann hatte er sich wieder gefangen.

-"Leider wurde ich dann selber mein bester Kunde. Irgendwie reingerutscht. Ich habe aber zu spät gemerkt, wie mich das weisse Pülverchen veränderte. Ich wurde zum geldgeilen Arschloch. Ich kiffte nahezu täglich und meine Wochenenden wurden zu einem regelrechten Ritual des Kiffens." Er nickt sich selber mehrmals zu.

-„Und?", fragte Guido.

-„Und dann habe ich SIE kennen gelernt!"

Die SIE war Rita, die er aus irgendeinem Grund automatisch Molly getauft hatte. Er wusste nicht warum und ihr war es egal gewesen.

Als der Filzli nach Basel gekommen war, hatte er nach einiger Zeit ein Mädchen kennen gelernt und erst einmal hatte er sein „Erwerbsleben" umgestellt. Er hatte mit der damals obdachlosen Molly eine Wohngemeinschaft gegründet. Molly war ein schrecklich dürres Mädchen, das er jeweils mit „Vogelscheuche" anredete, wenn er gut drauf war und als Schlampe, wenn es ihm schlechter ging. Molly war auch das egal gewesen. Ihr war sowieso alles egal. Meistens ging es ihm schlechter. Sie kommentierte alles generell mit „Ist O.K. Michi." Michi schloss daraus, dass es ihr egal sei.

Aber sie war willig und er ging mit ihr auf Tour, nachdem er sie in die speziellen Tätigkeiten eingeführt hatte, die sie beide zum Leben brauchten. Man braucht Geld zum Leben, das hatte beide schnell gelernt.

Sie machten ihr Geld in der ersten Zeit mit der „Mäusefallentour". Rita besorgte die kleinen Mäusefallen aus Holz und präparierte diese, wie sie es von ihm gelernt hatte. Jede Falle wurde mit einem Stück Doppelklebeband umwickelt und eine armlange Schnur befestigt. Jeweils fünf Fallen kamen in einen Plastiksack und dann zogen sie los. Die gelben Briefkästen Basels waren jeweils ihr Ziel. Die Falle wurde gespannt und in den Briefschlitz geworfen. Mann musste an der Schnur ziehen, damit sich die Falle in den Briefen hin- und her bewegte und dann wurde irgendwann die Falle mit einem leichten „Klick" ausgelöst, oder das Klebeband tat seine Arbeit. Keine Maus drin aber irgendwelche Briefe fanden sich immer. Und da die Menschen hier in der Gegend offensichtlich den Briefkästen sehr viel Vertrauen entgegen brachten, waren eben auch mal Geld oder Karten darunter. Die Briefe liessen sie in dem Plastiksack verschwinden und wurden zusammen mit den Mausefallen in ihre Unterkunft transportiert. Molly hatte die Briefe zu öffnen und zu sortieren. Immer war irgendetwas Brauchbares darunter. Und selbst wenn kein Bargeld gefunden wurde, hatten beide einen Mordsspass, die fremde Post durchzulesen. -„Molly, was sind wir doch ein gutes Team.", lobte er sie dann jeweils.
Und wenn er „Molly" sagte, war die Stimmung gut. Sie hatte eine Zeitlang ihren Pillenkonsum auf „pulverisiert" umgestellt., was in der Szene als „Molly" bezeichnet wurde. Da Partypillen meist in Tablettenform mit lustigen eingeprägten Figuren erhältlich sind, hatte sie eines Tages Angst vor den

Trägermitteln bekommen. Sie hatte sofort auf „Kristalle" umgestellt.

-„ Das Zeug will ich nicht!", hatte sie ausgerufen und einfach umgestellt.

-„Dann sind es keine Drogen?", war sein bissiger, kurzer Kommentar gewesen.

•

Jeweils kurz vor den Wochenenden, vor denen sie lustlos und depressiv vor sich hinvegetiert hatte, blühte sie jeweils regelrecht auf. Sie hatte dann genug finanzielle Mittel angesammelt, um sich den Marktpreis leisten zu können.

-„Ja, ich weiss schon. Ich geh halt was holen.", jammerte sie in ihrer monotonen weinerlichen Stimme, die ihm schrecklich auf den Senkel ging..

-„Wartest du, bis ich zurück bin?"

-„Was soll ich denn sonst machen? Geh schon."

Was sollte er auch sonst machen? Er kannte das ja. Er wusste, sie würde zurück kommen und als veränderte Molly zurückkommen.

-„Bringt mir ja dann auch was.", versuchte er sich selber zu beruhigen.

Er wusste, in einer Stunde würde sie das Zimmer mit extrem durchgestreckter Wirbelsäule, gut gelaunt betreten. Eine durchgestreckte Wirbelsäule ist oft ein Zeichen regelmässigen Drogenkonsums, die gute Laune war eindeutig eine Folge des aktuellen Stimmungsaufhellers.

Und dann war er auch bereits soweit!

-„Michi, wie geht es dir? Mir geht es sooo gut!", hörte er sie von der Wohnungstür her trällern. Von weit unten an der Haustür grölte sie dann auch ihren, zu ihrem Zustand passenden Lieblingssong von Sido:

> *„Doch am Wochenende geht's erst richtig los!*
> *Pillen fressen, Nasen zieh'n, Wodka saufen, Prost!"*

War wie immer. Das Murmeltier lässt grüssen.
-„Geht schon.", rief der Filzli.
Aber sie war nicht mehr so schnell zu stoppen.
-„Filzli, wie geht es dir? Kann ich dir was Gutes tun?"
-„Nein!"
-„Filzli, Ich bin relaxed, wie eine Feder im Wind. Komm lass uns feiern! Ich lasse dir auch eine Nase übrig. Soll ich was für dich tun?"
Er hörte sie wie blöd lachend und kichernd die Treppen herauf poltern. Dazwischen wiederholte sie andauernd einen alten Kinderfers „Ääne däne disse, Chatz het gschisse.", um dann wieder mit „Ich bin dabei! Jetzt bin ich high für drei!", auf ihre favorisierten Sidotexte umzuschwenken.

-„E s G e h t s c h o n." Genervt artikulierte er dabei jeden Buchstaben einzeln. „E s G e h t s c h o n!"
-„Filzli, kann ich was für dich tun? Soll ich dir einen…?" Rief sie oben angekommen, schmiegte sich an ihn und griff ihm zwischen die Beine.
-„Nein!", unterbrach er sie harsch und schlug ihre Hand zur Seite. Er kannte diese Art der Wirkung der

Droge. Nicht nur deshalb hatte er sich von der Droge losgesagt. Er hatte bei sich gesehen, wie er Beulen im Gesicht bekam und seine Zähne immer dunkler wurden.

Er würde jetzt eine Molly erleben, deren Müdigkeit durch extremen Bewegungsdrang ersetzt war. Nicht nur das, sondern Molly würde ihm zeigen, dass das Wochenende zwei Tage lebenswert ist und er hätte später auch noch Zeit, die Empfindungen, die die „Kuscheldroge" bei ihr auslöste, zu geniessen.

Meistens ging es damit los, dass sie nach einer weiteren Nase sein Gesicht in Dreieckform sehen würde und sein Kopf für sie wie ein Fasnachtsfeuer leuchten würde.Sie würde es kicherd zur Kenntnis nehmen. Alles, auch seine Mickey-Maus- Stimme würde sie lustig und zum Totlachen finden und sie würde ihn stundentalg zutexten. Es war, wie sie in einer weiteren Sido-Zeile summte:

> " Endlich Wochenende! Die Welt mit Junky-Augen sehen!"
> "I wanna fuck, drink beer, and smoke some shit!"

Natürlich kam danach dann die Quittung: Sie würde sich erschöpft fallen lassen, wenn die Wirkung nachliess. Mit Einsetzen des unweigerlich eintretenden „Midweek Blues", würden seine Tage dann wieder schwieriger werden. Er würde dann alleine seinen täglichen Geschäften nachgehen müssen, um ihrem „Come down" zu entgehen.

Dann war sie eine Zeitlang nicht mehr seine „Molly"
sondern die „Schlampe".
-„Du bist doch so dumm, wie ein Büschel
ausgerissener Haare." Würde er sie dann wieder
beschimpfen.

•

Nun gibt es in Basel so etwa 100 Briefkästen. Diese
sind breit gestreut und können nicht alle für Filzli´s
spezielle Tätigkeiten genutzt werden. Zu weite
Wege in die Aussenbezirke, zu viele Passanten, die
in letzter Zeit immer aufmerksamer werden und
beobachten könnten. Zudem musste man sich
merken, welche Kästen bereits „bearbeitet"
worden waren, um diese dann eine Zeitlang zu
meiden.
Lange konnte dieses Geschäft nicht mehr
durchgehalten werden. Irgendwann würde die Post
zuviele Reklamationen wegen nicht zugestellter
Postsendungen erhalten und Kontrollen
durchführen.
−„Irgend klaut hier unsere Post!", hatte vor einigen
Tagen ein Handwerker am Nebentisch den
Postverteiler ausgeschimpft.
-„Wer klaut den schon Briefe?" Das ist doch
idiotisch!", hatte der Michi gelacht und die
Gleichgesinnten um ihn herum lachten mit. Keiner
wusste warum, ausser dem Michi.
Aber es war ihm nicht aus dem Kopf gegangen, es
hatte ihm gehörig Angst eingejagt. Und er suchte
seither nach einem anderen Gelderwerb.

Die Idee eines weiteren Standbeins geisterte schon seit einiger Zeit in seinem Kopf herum. Er nannte diese Idee, seine Flaschen-Depotnummer. In der Schweiz sind Mehrwegflachen mit einem Depot, einem Pfand, belegt. Jemand aus Deutschland hatte ihm irgendwann davon erzählt. In Deutschland soll ein regelrechtes „Flaschensammler-Phänomen entstanden sein.

-„Da lässt sich doch in der Schweiz auch was machen", sinnierte er tagelang.

Dann hatte er die Lösung. In der Schweiz wäre trotz des anderen Pfandsystems, finanzieller Erfolg möglich.

-„ Ich kenne mich doch. Ich weiss wo ich suchen muss. Was will ich mehr?"

Er müsste Situationen und Räume suchen, wo verstärkt Getränke in der Öffentlichkeit konsumiert werden. Dort könnte er sich um das Leergut kümmern. Zudem noch in der Nähe von Clubs, Bahnhöfen am Rande von Festen. Da müsste doch genug zu holen sein.

Nach etwas Experimentierarbeit hatte sich ein spezielles Angelgerät gebaut, mit den er die leeren Flaschen auch aus den Entsorgungscontainern fischen konnte. Seine Angel bestand aus einem etwas stärkeren Draht, von dem an einem Ende ein etwa zehn Zentimeter langes Stück nach hinten gebogen war. Vorne dünn hinten dicker, wie ein grosses V".

Der Draht wurde in den Flaschenhals gesteckt, nach unten gestossen. In der Flasche bog sich der Draht automatisch wieder etwas auseinander, die

Flasche war gefangen und hing wie ein Fisch am Haken.

-„Ist natürlich Diebstahl.", grinste der Filzli, aber so etwas wird nicht geahndet."

Molly war bereits vom Erzählen her, Feuer und Flamme gewesen.

-„Es gibt sogar Leute, die das Leergut für mich abholbereit neben die Sammelbehälter stellen. Da hab ich dann gar keine Arbeit. Ist doch lieb, oder?"

Guido rief den Filzli wieder in die Gegenwart zurück: „Noch einen Glimmstängel?"

-„Ja, kann ich noch eine nehmen?", fragte der Filzli überrascht und artig.

-„Klar, sagte Guido, nimm, ich rauche auch noch eine mit dir." Der Filzli nahm eine Zigarette aus dem Pack und gab den Rest an Guido weiter, der sich auch eine nahm. Guido zog sein Feuerzeug aus der Tasche, und gab es dem Filzli in die Hand. Der Filzli zündete seine Zigarette an und gab das Feuerzeug zurück. Guido zündete sich seine Zigarette an, beide schauten nach vorne, als wenn es da etwas Wichtiges zu sehen gäbe und eigentlich war das Geschäft schon gemacht. Für Aussenstehende sah alles normal aus, aber das bisschen grüner Hasch aus der Türkei war jetzt in der Zigarettenschachtel und der Zwanziger, den er dafür bekam, der war um das Feuerzeug gewickelt gewesen und jetzt war er es nicht mehr. Jetzt war er in der Tasche vom Filzli. Und Guido hatte sein Feuerzeug zurück. Fertig, so ging das immer.

-„Und, wie geht es sonst im Revier?" fragte Guido nochmal „Irgendwo was Neues? Schlägereien,

neue Weiber, Frischfleisch?", sagte er und grinste dabei.
- „Nix gehört" meinte Filzli, „Nö, gibt nix Neues, aber heute soll ein Bus mit Weibern aus Ungarn kommen. Musst dich ein bisschen umhören, wenn du interessiert bist."
-„Ja, gut Mann. Mach ich.", meinte Guido. Der Filzli stand auf und verschwand langsam mit seinem Einkaufswagen in Richtung Webergasse, Guido rauchte noch ein paar Züge, damit er nicht zusammen mit Filzli gesehen würde und dann lief er in die gleiche Richtung, um seine angefangenen Recherchen von dort weiter zu führen.

•

Am Anfang der langgezogenen Gasse angekommen sah er, dass die ersten Kontaktbars bereits geöffnet hatten und so langsam kamen auch die traurigen weiblichen Gestalten links und rechts aus den Löchern. So etwa 11 Uhr war es jetzt und Zeit, für die erste Schicht. Die erste Schicht waren jene Mädchen, die noch in gewagten kurzen Röcken rumliefen. Aber links und rechts der Straße ein trostloser Anblick mit überquellenden Müllsäcken, leeren Flaschen, zerdrückten Bierdosen und eine fast schon verwahrloste Gegend.
-„Hallo schöner Mann", kam es von links.
- „Hast du mal Zeit?" von rechts. Es wiederholte sich. Da stand der rundliche „Kugelfisch" gelangweilt an eine Hauswand gelehnt und selbst

die kleine Rote, die alle nur „Das Menue - Girl"
nannten, war bereits unterwegs. Sie zeigte einen
kleinen, zerknitterten Zettel mit ihren aktuellen
Angeboten. Aktuell war heute „blasen 30, ohne BH
40", Alles 100." Das aktuelle was seit einem Monat
bei ihr zu unveränderten Preisen zu haben war.
Kein Preisverfall in Sicht.
Einige stumpfe Blicke waren zu sehen und sobald
er den Kopf schüttelte oder „Nein" sagte
verschwand auch das Lächeln auf den Gesichtern.
Einige der Damen kamen aus den Hauseingängen
sie liefen in die Kneipen, um sich ihren ersten
Kaffee im Pappbecher zu holen, und dann wieder in
ihren Zimmer zu verschwinden. Noch nicht
aufgetakelt, stumpfe Gesichter, nicht rechts und
links blickend verschwanden sie in den Eingängen
der umliegenden Wirtschaften, in deren oberen
Stockwerken ihre Zimmer lagen.
In einer Stunde würden auch sie mit kurzen Röcken
hier stehen und rufen „Hallo, wie geht's? Hallo, hast
du Zeit? Ich habe eine Frage." Ein trauriger Tag,
geprägt von Entscheidungen und Enttäuschungen.
Trotzdem gab sich Guido Mühe, nicht zu viel zu
lächeln, gleichzeitig aber doch freundlich zu bleiben.
Der nächsten versuchter er auszuweichen. Es
gelang ihm nicht. Sie schien neu zu sein.
Sie stand vor ihm und versperrte den Weg.
-„Blasen?"
Er versuchte vergeblich, auszuweisen. Er schüttelt
den Kopf.
-„Blasen?"
Ein weiterer erfolgloser Ausweichversuch
-„Blasen?"

161

Sie hält 4 Finger vor die grosse Brust und zwinkert ihm zu. Das war ihr Preisschild.
Kopfschütteln
Jetzt sind es drei Finger.
Bevor es zwei Finger werden, schüttelt er den Kopf.
-„Warum?"
Bei diesen sehr rudimentären Freundsprachenkenntnissen ist Diskutieren unmöglich. Was so er auf das „warum" antworten? Kein Geld, keine Lust, keine Zeit? Alles würde nur zu Diskussionen führen.
Er schiebt sie noch immer freundlich aber doch sehr bestimmt zur Seite und geht weiter.
Vor der gegenüberliegenden Seite hört er von irgendjemanden ein „Nem" und sie zieht sich sofort zurück., muss aber doch noch ein gefrustetes „Idiota" los werden.
Dieses „freundlich bleiben" und nicht „Ausrasten" gab ihm ein gewisses Image hier in der Szene, was ihm auch früher bereits oft genutzt hatte.
-„Die hier stehen, merken sich dein Verhalten, und erzählen es weiter." hatte ihn der Professor aufgeklärt. Also ging er nicht mit aufs Zimmer, aber er blieb immer freundlich und behandelte diese damen nicht abfällig. Das wurde akzeptiert.
Er ging in die erste Kneipe, wo er wusste, dass weiter hinten ein Raucherräumchen angegliedert war.
Guido hasst diese Raucherräumchen, diese Orte, an denen man noch rauchen durfte. Das Rauchen dort war für ihn derart erniedrigend, dass er sie meistens ignorierte.

Vor etwa 10 Jahren wurde in Basel eine Initiative gutgeheissen, die ein generelles Rauchverbot forderte. Guido hatte es bereits kommen sehen, als der Begriff „Rauchverbot" zum Wort des Jahres gewählt worden war.

Lange hatte er sich mit Mitstreitern gewehrt, hatte nur noch Beizen besucht, die sich dem Verein „Fümoir" angeschlossen hatten. Eine Zeitlang konnte man dort qualmen und paffen. Dann kam das endgültige Aus durch das Bundesgericht. Seine Mitstreiter hatten aufgegeben und Guido reduzierte die Anzahl seiner blauen Päckli mit dem schwarzen Tabak. Er rauchte draussen oder zuhause. Die Raucherecken wurden von ihm nicht genutzt.

-„Früher haben wir geraucht, getrunken und gelacht. Heute ist Rauchen verboten, die Promillegrenze gesenkt und wer vor einer Beiz laut lacht, muss mit Anzeigen rechnen.", pflegte er wo immer er konnte lautstark zu schimpfen.

Wie hatte er doch seinen dunklen, starken Tabak geliebt. Jene Sorte Zigaretten, die damals das stereotype Bild der Franzosen prägte.

Er hatte zuerst die „gallischen", die Zigaretten mit dem gallischen Flügelhelm geraucht. Die filterlose Sorte, die man ganz cool zwischen Daumen und Zeigefinger hielt. Die Sorte, die als „Brunes" bezeichnet wurden, die man im Mundwinkel hängen lassen konnte und deren Paper dort nahezu eine feste Verbindung mit den Lippen einging. Beim Ziehen musste man die Augen zu Schlitzen schliessen, weil der scharfe Rauch derart brannte. Sah so stark aus, wie der schwarze Tabak auch war!

Wenn er darauf angesprochen wurde, erinnerte er an Belmondo im Film „A bout de soufle", der am Ende erschossen auf dem Pflaster lag und immer noch seine brennende Zigarettenkippe im Mund hatte.

-„Das waren noch Zeiten! Selbst Sartre rollte damals seine Blauen jeweils von Mundwinkel zu Mundwinkel.", trauerte er. Er rauchte jetzt die „abgespeckten Blauen".

Er liebte es, wie viele damals, aber er musste gezwungener Massen vom Kultobjekt Gauloises und Gitanes auf leichtere umsteigen. Blau waren sie immerhin noch geblieben. Die richtigen „schwarzen" gab es nicht mehr.

-„Da hat halt Francois Mitterand die grosse Schlacht gegen das Menschheitsübel gewonnen, als er die leichtere Version durchsetzte.", noch heute sein bitterer Kommentar.

Immerhin hatte diese starke Sorte einen Vorteil gegenüber Schnorrern. Bei einem „Hesch mir a Zigi?" brauchte man einfach nur eine aus dem Blauen Päckli anbieten und die Schnorrer winkten ab und gingen kopfschüttelnd weiter. Für Kult hatte ein Schnorrer nichts übrig. Man hatte seine starken Zigaretten für sich alleine.

•

Er bestellte sich keinen Kaffee, kein Bier, keinen Wein, er bestellte sich ein Wasser.

-„Wie immer ohne Pfuus[14]?" fragte die Bedienung vorsichtig, denn sie wusste, dass sein Wasser mit Zitrone geziert werden musste. Eine Flasche ohne Glas. Guido nickte nur, freute sich aber, dass sie sich erinnerte.
Sie kam zurück, stellte eine Flasche mit einem Teller auf dem ein Zitronenschnitz lag, vor ihn hin. Der Zitonenschnitz durfte nicht in der Flasche schwimmen, er musste separat mit serviert werden. Guido steckte den Zitronenschnitz in den Flaschenhals. Das letzte gelbe Zipfelchen schaute noch heraus und wurde dann jeweils noch zusätzlich mit dem Brillenbügel endgültig ins Wasser befördert, da Guidos riesige Hände für derartige „Feinarbeit" total ungeeignet waren. Dort wo Guido verkehrte, wusste man dies. Es war immer das gleiche Prozedere.
-„Alles klar, Guido?" Eine Antwort auf diese Frage interessierte die Bedienung eigentlich überhaupt nicht. Jeder Gast wurde in dieser Art angesprochen. Und Guido antwortete ebenfalls mit Geschwafel. Etwas, das bei diesen Gelegenheiten immer passt: „Alles klar, alles klar auf der Andrea Doria. Hahaha!".
Nach ein paar Schluck aus seiner Flasche, setzte sich doch jemand zu ihm: „Larissa"
- „Hallo Larissa", grüsste Guido.
-„Darf ich?", kam die Frage automatisch.
-„Du sitzt ja schon", sagte Guido und gab sich unbeeindruckt.
-„Hahahaha, zahlst du mir was?"

---

[14] Ohne Kohlensäure

- „Na klar, wie immer, ein Cupli?"
- „Mhmm", sie lächelte. Wenn sie Cupli hörte, lächelte sie immer. Lächeln gehörte bei ihr zum Geschäft, wie der Schraubendreher zum Velomech[15]. Meistens führte das dazu, dass sie mit den Klienten nachher auch aufs Zimmer verschwinden würde, denn ein Cupli war ganz schön teuer. Da will der Klient den entsprechenden Gegenwert. Von Guido war sie das nicht gewohnt. Nicht einmal ein Cupli, deshalb war sie im Moment etwas irritiert. Wie konnte sie auch wissen, dass Guido einen gut gefüllten Geldbeutel von Frau Brunetti bekommen hatte. Er konnte es sich jetzt leisten. Sozusagen ein Cupli auf Vertrauenspesen. Er gab ja schliesslich fremdes Geld aus. Schlechtes Gewissen? Nein! Das war eben nun mal sein Geschäft.
Das Cupli kam.
-„Salut und Proscht". Sie hob ihr Glas mit spitzen, beringten Fingern und aufgeklebten, roten und goldenen Krallen.
-„Aha Portugal mit den für sie wichtigen Ausdrücken in Schweizerdeutsch.", dachte Guido, Sie hat nicht Prost sondern „ Proscht" mit „sch" gesagt. Wird schwierig mit der Sprache."
Es sollte sich zeigen, dass sie ganz gut deutsch konnte. Das wiederum bedeutete, dass sie schon länger hier war. Das bedeutete aber auch, dass sie sich verdammt gut in diesem Animiergehabe auskannte und auch, dass sie von irgendwoher männliche Unterstützung hatte. Das wiederum

---

[15] Fahrradmechaniker

bedeutete für Guido: „aufpassen, aufpassen, aufpassen!".

Sie war noch sehr engagiert, noch gehörte sie nicht zu diesen untoten Zombies draussen. Noch nicht. Es würde unweigerlich kommen. Sie gehörte zu der etwas besseren Clique, jene, die nicht die Strasse machen, sondern wartend in den Kontaktbars sitzen. Während die Damen draußen mit hochgezogenen Schultern und leeren Augen herumlaufen, war sie das Lächeln in Person. Sie war noch zu jung, aber sie würde noch jene Schrecken erleben, die noch auf sie zukommen würden. Auch sie hatte keine Hoffnung, dem Schicksal zu entkommen. Sie wusste es nur noch nicht. Und noch konnte sie hoffnungsvoll aus Überzeugung lächeln. Und Guido wusste, dass es nicht mehr lange gehen würde und sie würde ebenfalls sichtbar von diesem Job gezeichnet sein. Jetzt glaubte sie über den verächtlich als „Trottoiramseln" bezeichneten Kolleginnen draussen zu stehen. Es war eine traurige Entwicklung, die sie vor sich hatte, aber es war nicht Guidos Aufgabe, das zu hinterfragen oder daran etwas zu ändern. Er hatte völlig anders gelagerte Ziele vor sich und die würde er jetzt angehen.

●

Als sie ihr Cupli zur Hälfte getrunken hatte, wartete er nicht ab auf die übliche Frage, ob er denn schon mal ihr Zimmer gesehen hätte und wie toll das da oben wäre.

Nein, er erhob sich und sagte: „Dann gehe ich jetzt. Ein anderes Mal vielleicht."

Sie machte einen Schmollmund aber ihre Blicke schweiften bereits im Kreis herum, um jemanden anderen zu finden. Dieser Kunde neben ihr war bereits Vergangenheit.

Und dann stand Guido auch bereits draußen vor der Tür, umgeben mit all den jungen Mädchen mit leeren Augen. Traurig! Guido konzentrierte sich auch sein Ziel. Mitleid? Natürlich auch das. Aber was solle er machen, was konnte er ändern. Was sollte die Polizei machen, wenn sie sieht, wie eine Frau zu jemandem ins Auto steigt. Klar, das ist nicht einfach. Zwischendurch Touristen oder Freier, wer wollte unterscheiden, von jenen, die diese Elendsviertel einfach mal begaffen wollten.

-„Das Ganze", meinte Guido, „ist so einladend wie ein Gulli am Straßenrand." Aber er hatte sein Ziel nicht aus den Augen verloren, hatte sich nicht ablenken lassen. Also ging er weiter.

Die nächste Kontaktbar, der „Hasenbau", hatte einen schmalen Eingangsteil, der zu einer Raucherecke ausgebaut worden war. Keine Tische keine Sitzgelegenheiten, nur ein riesiger bereits halbvoller Aschenbecher. Drinnen durfte man nicht rauchen, also stand man am Ausgang und qualmte eine Zigi. Das Ganze hatte einen weiteren Vorteil: Man hatte man von diesem Standort den Blick auch frei auf die davor liegende Strasse und konnte das dortige Treiben beobachten.

Und dann kam der Michi vorbei. Michi war Spezialist für das Ausführen ganz individueller Aufträge. Ihm musste man nur zuflüstern, welches Parfüm man brauchte, und maximal eine Stunde später hatte man es und zwar günstig. Michi hatte es frisch besorgt, woher auch immer erzählte er nicht. Er hatte es einfach im nahe gelegenen Kaufhaus geklaut. Klar, sagte das niemandem. Er hatte es einfach! Wusste doch sowieso jeder, wie er es besorgt hatte. Und wer glaubte, seine Kenntnisse nur an einem alten Srickpulli mit Mottenlöchern fest zu machen, konnte nicht weiter als bis zu seiner Nasenspitze denken.

Guido kannte den Michi bereits seit längerer Zeit und er war einer der Wenigen, die seinen „Werdegang" kannte.

Er hatte mit dem Professor darüber diskutiert, als jemand am Nebentisch sich abfällig über diese „kaputte, abgerissene Gestalt" geäussert hatte.

-„ Ja, ja, du glaubst, du kennst ihn! Aber wie bereits Lessing sagte: „Die Menschen sind nicht immer, was sie scheinen.", hatte der Professor damals doziert.

-„ Ja, natürlich, aber miteinander reden ist immer gut. Und das ist von mir und nicht von Lessing.", pflichtete ihm Guido bissig bei.

Der Professor hatte gegrinst und zog mit Leichtigkeit einen weiteren Spruch aus seinem prall gefüllten Zitatenrucksack: „Ja, rede, damit ich dich sehe."

Guido verdrehte genervt die Augen.
-"Sagt Sokrates, nicht ich", schob der Professor auch noch schnell etwas von seinem Wissen nach.
-„Isch guet! Isch guet!" Guido gab auf, und erzählte dann etwas über den Michi.

•

-„Der Michi wurde bereits als Kind zum Betteln regelrecht abgerichtet. Ich glaube irgendwo im Rumänien, in jener Gegend, war er zusammen mit anderen, bemitleidenswerten Kindern trainiert worden. Andere gehen in diesem Alter zur Schule und lernen Lesen und Schreiben. Der Michi lernte, wie man Taschendiebstähle begeht. Wir brauchen keine Denker, wie brauchen Werkzeuge", wurde ihnen doch ihre Ausbilder indoktriniert. Jene Ausbilder, die wegen Ihrer Brutalität gefürchtet waren. Wurde am Abend nicht genug abgeliefert, man erwartete etwa 300 Franken pro Tag, prügelten sie die Betroffenen windelweich.
Ein einfaches Vorgehen. Wer sich widersetzte wurde ebenfalls geprügelt. Jeglicher Widerstand wurde umgehend durch Prügel gebrochen. Ganz einfach!
Und so war der Michi durch eine sehr harte und schmerzhafte Schule gegangen. Er hatte gelernt, wie Taschendiebe organisiert sind, wie dort die Arbeitsteilung organisiert ist. Er hatte sie alle durchgearbeitet, die Haupttricks. Der Remplertrick, der Geldwechseltrick, der Fototrick und der Restauranttrick. Die Grundprinzipien waren sich

immer wieder ähnlich: Leichtsinnige Opfer
erkennen, ablenken, Unaufmerksamkeit ausnützen.
Da ist der Blocker, der einen künstlichen Stau
provoziert, der Zieher, der das Geld entwendet und
der Abdecker verdeckt die jeweilige Handlung.
-„Am Schluss übergiebt der das Diebesgut an
einen weiteren."
-„Ja, der dann schlicht und einfach abhaut.",
ergänzte der Professor die Ausführungen.
-„Ja, genau! Und der Aufpasser warnt vor
aufmerksamen Passanten.", fügte Guido noch
hinzu, um diese Ausführungen abzuschliessen.
Dann fuhr er fort.
-„Der Michi war damals ein erfolgreicher Spezialist
der „Scara rulanta". Er schlug in grossen
Kaufhäusern auf den Rolltreppen zu. Und das mit
grossem Erfolg.

•

Als Guido ihn einmal auf die Gefährlichkeit seiner
Diebstähle angesprochen hatte, bekam er eine
ernüchternde und doch erstaunliche Antwort: „Du
redest vom RF Code?", hatte er grinsend gefragt.
-„Klar, Diebstahlsicherung haben doch alle."
-„Dagegen bin ich gewappnet. Was glaubst du
wieso ich immer meine Tasche mit mir schleppe?
Nur aus Plausch? Das Innere der Tasche habe ich
gegen Radiofrequenzen ausgekleidet. Da gibt es
keine Schwingungen, die Alarm auslösen. Und bei
den Parfüms weiss ich sowieso, wo die Aufkleber
sind. Die hat man schnell runter. Jesses Gott,
nichts ist leichter als das."

Guido hatte gelernt, dass auch hier der von seinem Vater so nervig wiederholte Spruch „Wissen ist Macht" seine Berechtigung hatte, und der Michi bekam sein Geld. Einen 20-er für ein teures Parfum, das sonst 90 kostet und beide Seiten waren zufrieden. Vor legal oder nicht legal redete hier niemand.

-„Aber Michi", sagte Guido und Michi nickte nur und schaute ihn mit schiefgelegtem Kopf an, ob ein Auftrag käme. Aber Guido wollte kein Parfum und kein Rasierwasser, keine Seife, kein Rasierschaum, er wollte Informationen und ganz vorsichtig begann er zu fragen.

- „Michi, irgendetwas im Revier gehört? Gibt es Frischfleisch? Kennst du was? Ich hätte mal Lust auf eine Blonde." Michi nickte und streckte die Zunge heraus und den Zeigefinger in den Hals, als ob er kotzen möchte. Von dem Zeug hielt er gar nichts. Er wollte verdienen, keine Frauen. Aber er kannte sich aus und das zeigte sich jetzt.

-„Ja, gut, ich hab schon was gehört, heute ist ja sozusagen Monatsanfang, da ändert sich manchmal was. Was springt für mich raus?"

-„Ach, Michi, Michi, du willst immer nur Geld, okay, einen Zwanziger."

-„30", sagte Michi kurz.

„Okay, 30. Was gibt es denn?"

-„Irgendwo da unten am Ecken, der Bernd, der, so wird erzählt, soll eine ganz tolle Tussie haben. Eine Blonde. Lange blonde Haare, sieht aus, als ob sie direkt aus der High Society käme."

Guido horchte auf. High Society, blond, er gab sich jedoch uninteressiert. „Ach so, blond, High Society, ach so eine Eingebildete meinst du."

-„Nein, nein, nein, nein, nicht eingebildet, der sieht man es an, dass sie aus gutem Hause ist. Die musst du dir mal anschauen!"

- „Und wo?" meinte Guido.

-„Na, das weiß ich auch nicht, aber du weißt ja, wo der Bernd so rumhängt, das findest du schon raus. Was ist mit dem 30-er?"

-„Gut", Guido griff in die Tasche steckte ihm einen 20-er und einen 10-er oben ins Hemd und sagte danke. Jetzt musste er nur noch herausfinden, wo Bernd seine Pferdchen laufen hatte. Jeder der Zuhälter hatte sein bestimmtes Revier. Und das wurde von ihm und auch von den Mädchen eisern und mit Zähnen und Krallen verteidigt. Das würde er schnell finden. Er suche nach seinem Handy, da musste der Professor her. Er schickte dem Professor eine SMS, die lediglich 2 Codes enthielt: *233 und dringend 020.*

Er gab seinen Standort durch und wartete.

„Wir sind gleich da.", kam die Antwort. *„SMS bereits gelöscht. Tschüss."*

Guido saß draußen vor einem Pizzarestaurant, hatte eine halbe Pizza vor sich und sein obligates Wasser mit Zitrone und wartete. Es ging nicht lange und die Beiden kamen sofort.

-„Oh, Pizza", sagte Gummi, „Kriegen wir auch was?"

-„Ja, bestellt euch, hier ich zahle, ihr seid eingeladen", meinte Guido. „Trinken müsst ihr selber was bestellen, da weiß ich nicht, was ihr wollt. Ich trinke keinen Alkohol." Sie bestellten sich

173

jeder etwas, kamen zurück, bissen in ihre Pizza und kauend fragte Gummi „Und, was gibt's denn Neues?"

-„Ich habe eine heisse Spur", sagte Guido. „Also wie sich das anhört ist das eine verdammt heiße Spur, aber das traue ich mich nicht alleine, ihr müsst mir da helfen. Ihr kennt den Bernd, oder? Mir hat ein Vögelchen gesungen, dass dieser Bernd Frischfleisch hat und zwar Blondes. Das so aussieht, als wenn es aus der High Society kommt hatte man mir gesagt, frisch, jung. Das hört sich doch an, als ob das unsere Tante wäre, oder meint ihr nicht auch?"

Beide nickten kauend.

-„Ja, meine ich auch, da werden wir lossuchen. Wir müssen jetzt das Hauptquartier von diesem Bernd finden. Aber nur wissen wo es ist, nicht nachschauen, nichts, nichts, nichts, seid ja vorsichtig, um Gottes Willen. Sobald wir wissen wo er ist, werde ich ihn observieren und dann werden wir sehen, ob das unsere gesuchte Frau ist und wir werden wissen, wohin sie geht um zu arbeiten und was sonst noch dran ist. Also, einen Tag Zeit, Morgen hier, 11:00 Uhr und dann sehen wir weiter."

Kurz bevor sie ihn endgültig verlassen hatten, rief er sie nochmal zurück.

- „Äh, Gummi, nochmal schnell etwas anderes. Bis Morgen ist Zeit und wir haben eigentlich gar keine Zeit und", er machte eine Pause, „es ist ja auch noch nicht sicher, ob diese Frau unsere gesuchte Frau ist. Also werde ich heute noch den ganzen Tag und die ganze Nacht weiter die Ohren aufhalten.

Einfach dass ihr es wisst. Ich mache das alles alleine."

•

Es war später Nachmittag und Guido schlenderte in Richtung weiterer Kontaktbars. Ein paar hundert Meter weiter begegnete ihm wieder jemand. Er kannte den Namen nicht, aber dem Aussehen nach sah er aus wie der Filzli. Eine gestrickte Mütze, zog hinter sich einen Einkaufswagen, mäßiger, schlendernder Schritt, die Augen immer links – rechts, immer aufpassend, ganz typisch. Es war nicht der Filzli, denn er hatte eine pinkfarbene Strickmütze. Ohne die ging er nicht auf die Strasse. Also hat er seinen Namen erhalten: „Pinki". Filzli und Pinki waren sozusagen Geschäfts-Konkurrenten.
-„Hallo", sagte Guido „wir kennen uns doch auch, oder?"
-„Ja, möglich, hast du was für mich?" „Ich brauche ein gutes Parfum." „Geh dir doch eins kaufen."
-„Ja, ja, ist gut, du brauchst keine Angst zu haben, pass auf", sagte Guido „ich setze mich jetzt in das Café da vorne an der Ecke, trinke einen Espresso und du gehst und besorgst mir ein teures Damenparfum. Marke ist mir eigentlich egal, Hauptsache teuer. Ich will es ja nicht selber benutzen. Geld bekommst du, wenn du es mir bringst."
-„Ja, ich schaue mal", sagte er und tat uninteressiert, aber er kehrte sofort um und lief in

Richtung des nächsten grossen Kaufhauses. Guido setzte sich in dem Café, das er ihm vorgeschlagen hatte an einen der kleinen Tische, bestellte einen Espresso und wartete. Pinki würde kommen. Und richtig. Nicht 15 Minuten, sondern 10 Minuten und dann war er auch schon da. Mürrisches Gesicht, aber Guido wusste das. Er machte immer ein mürrisches Gesicht.

-„Und", sagte Guido

-„Ja, ich hoffe es passt dir?" Er griff in seine Tasche, holte eine kleine Einkaufstüte und stellte sie vor Guido. Guido nahm sie sofort ohne reinzuschauen, setzte sie neben sich auf den Boden

 -„Und, wie viel?"

-„Die kostet im Laden 120", sagte der Pinki und nickte ein paarmal traurig, als ob das ein Preis wäre, der wahrscheinlich nicht viel einbringen würde.

„Gut", sagte Guido „den Deal können wir machen, ich gebe dir 30, einverstanden?"

„Ja, eigentlich dachte ich eher an 40." „Gut, 40, aber dann beantwortest du mir noch ein paar Fragen." Der Typ nickte und blieb stehen. Guido gab ihm 40 in die Hand und fragte:

- „Hast du Frischfleisch gesehen hier in der Gegend? Ich suche ein bisschen was. Ich hätte gerne mal wieder eine Blonde. Weißt du was? Hat hier irgendjemand was Neues?"

-„Ach, da kenne ich mich doch nicht aus." Aber er setzte sich zu Guido.

Der Pinki beginnt nun etwas zu zappeln. Er kann seinen Unterkiefer nicht mehr still halten.

-„Brauchst du was, Pinki?" fragt Guido, dem die Symptome aufgefallen waren.

-„Klar!" Der Michi verdreht die Augen, um zu zeigen, wie blöd diese Frage auf ihn wirkt.

-„Siehst du das denn nicht?" Der Pinki verdrehte die Augen über soviel Unwissenheit.

Guido behält weiterhin sein Ziel vor Augen.

-„Machen wir einen Deal? Ich verhelfe dir zu einer Bombe und du hilfst mir mit einer kleinen Info."

-„Mal sehen." Der Pinki ist vorsichtig, abwartend. Aber sein Gesicht leuchtete auf wie früher die Lampen im Flipperkasten, wenn ein hoher Bonus angezeigt wurde.

Guido drückt ihm einen Zwanziger in die Hand. Der Michi schon zu breit, um abzulehnen. Er verschwindet in einer der Seitenstrassen. Er weiss, wo derartige Übergaben stattfinden.

Kurze Zeit später ist er zurück mit einem kleinen Tütchen. Er stellt sich in die Ecke eines Hauseingangs und rollt eine Zehnernote zu einer Röhre.

-„Mann das ist Pep.", stöhnt er.

-„Was?"

-„Na Speed, Alter." Wieder diese Unwissenheit!

-„Ist ja gut, aber nimm nicht zuviel!" Ich brauche noch deine Info. Du hast es versprochen."

-„Man Alter, damit bleibe ich doch wach.", stöhnt der Pinki..

-„Leg wenigstens nur eine Line."

Der Pinki zerkleinert das weisse Pulver mit einer Migros-Karte, damit keine Klümpchen bleiben und formte eine Line.

Dann, ein Nasenloch zuhalten und durch das andere die Line reinziehen. Ein Nasenloch – eine Line.

-„Aaah, gigantisch!"

Guido beobachtet ihn und streift mit dem Daumen über seine eigene Nase. Er zieht dabei auffällig blinzelnd seine Augenbrauen nach oben.

Der Pinki verstand sofort.

-„JAJAJA, kein weisses Pulver darf an der Nase hängenbleiben.", dozierte Guido lehrerhaft, was beim Pinki ein weitere Bewegung der Brauen zur Folge hatte.

Ein weiteres „aaaahh" und nochmals stöhnt er : „Speed Mann. Damit bleibe ich wach."

-„Hast du schon mal gesagt!"

Guido hat seinen Deal nicht vergessen. Er insistiert: „Zu meiner Info. Gibt es was Neues am Start?"

Jetzt berichtete de Pinki etwas widerwillig von zwei neuen Kontaktbars und von einem etwas weiter hinten gelegenen Privattreff. Die Bar heisst irgendwie so etwas wie „Hotshot" oder „Shotshot". Bin nicht sicher aber etwas englisches ist im Namen."

-„Muss was ganz exklusives sein. Schicker Schuppen, nur auf Empfehlung, nur reiche Geschäftsleute.", erklärte er und rieb dabei vielsagend Daumen und Zeigefinger gegeneinander.

- „Aber gehört hast du es doch schon, du brauchst mit denen ja nicht im Bett gewesen zu sein, nun sag schon, ich habe dir auch problemlos den 40-er gegeben."

-„Ja" Er wand sich noch etwas, schaute nach links und rechts, es schien ihm ungefährlich und er flüsterte vor sich hin „na, da unten diese neue Kneipe an der Ecke", er deutete nach rechts unten „da habe ich was gesehen, ja, so eine Blonde, aber nur einmal, ich weiß nicht, ob sie immer da ist.
- „Da runter?", fragte Guido und deutete mit dem Kinn dorthin.
- „Jaja, genau, aber erst gegen Abend. Aber von mir hast du es nicht, von mir hast du es nicht!" Das klang ängstlich. War er auf etwas gestossen?
-„Nein, nein, ist okay. Also bis zum nächsten Mal", sagte Guido „und tschüß!" Er zog ab mit seinem Einkaufswägelchen, als er außer Sicht war, stand Guido auf und ging langsam in die Richtung, in die er etwas unbestimmt gedeutet hatte.
Etwas weiter runter, er musste sich noch durch einige „Hallo schöner Mann, Hallo hast du Lust? Und wie wär's?" durchschlängeln und dann sah er unten an der Ecke wirklich eine neue Kontaktbar. Er kannte sie gar nicht, er schaute sich um.
Sie machte einen sehr guten Eindruck, die abgerissenen Übrigen waren ein regelrechtes Gegenstück. Also ging er rein und stellte sich an die Theke. Und wie das in Kontaktbars so ist, eine kurze Zeit später stand schon jemand neben ihm. Eine Blonde mit grossem Busen, kurzem Rock und langen Haaren.
„Alleine?", fragte sie.
-„So was blödes", dachte Guido, „siehst du jemanden? Aber er war freundlich und lächelte sie an und sagte: „Jaja", „wie heißt du denn?" Guido sagte „Alex."

Und sie sagte „Ich bin Elfi"

- „Gut Elfi, trinkst du was?", meinte Guido, weil er sofort wusste, dass sie ihn gleich fragen würde, machte er lieber den ersten Schritt.

-„Setzen wir uns lieber an den Tisch", meinte sie, ging voraus, fläzte sich an einen Tisch in der Ecke, klopfte auf den Platz neben sich und sagte „Komm". Er setzte sich und bestellte einen Espresso. Das war hier nicht so gerne gesehen, aber er zahlte ihr immerhin ein Cüpli und das kostete auch schönes Geld.

Sie nahm das Glas auf, hob es hoch, sagte: „Salut" und nippte an dem Champagner oder an dem Wässerchen, das hier als Champagner verkauft wurde.

-„Du bist neu hier", stellte sie fest.

-„Ja, ich war noch nie hier, neu bin ich eigentlich nicht, aber hier war ich noch nicht. Schön hier und er schaute sich scheinbar interessiert um."

- „Oh, Ja", sagte sie und schaute sich ebenfalls interessiert um, als ob sie ihre Umgebung zum ersten sehen würde.

-„Sich gegenseitig ins Gilet lügen", nennt man das bei uns hier, dachte Guido und grinste innerlich.

- „Also, Alex, danke für das Cupli, du bist generös." Dann schob sie mit ihren beiden Händen ihren grossen Busen nach oben, zog gleichzeitig die Augenbrauen hoch und fragte: „Gefällt dir das?" „Aufgeblasenes Plastikzeug" registrierte Guido und nickte anerkennend, obwohl es ihm überhaupt nicht gefiel. So ein Quatsch, aber sie war erst einmal zufrieden.

Guido sagte „blond", schaute ihre blonden Haare an und sagte: „Ich mag Blonde!"

-„Ja, ich bin sogar echt blond", meinte sie „willst du es überprüfen? Meine Muschi ist auch blond!" Nicht nur blond jetzt ist sie auch noch…." Hier unterbrach Guido die Anmache.

-„Nein", meinte Guido „ich glaube dir, du machst einen vertraulichen Eindruck." Log er noch hinterher und bevor sie jetzt mit den üblichen Fragen, ob er nicht mal ihr Zimmer anschauen wolle, sie wäre ganz alleine und das Zimmer wäre frisch gemacht und total sauber und sie hätte schon lange keinen Klienten gehabt. Die Typen werden immer Klienten genannt, also „keinen Klienten mehr gehabt und ich bin richtig scharf darauf, endlich mal mit jemandem wieder aufs Zimmer zu gehen." Sie zog die übliche Animationsschau ab und zeichnete mit dem Zeigefinger eine 50 auf die Tischplatte.

Bevor sie das dazugehörige Tantra, dass dieser Betrag für die Operation Ihrer Mutter oder auch den Geburtstag ihres geliebten Kindes verwenden würde, losließ, preschte Guido selber vor und unterbrach sie: „Ah, jetzt trinken wir heute mal etwas, ich bin nicht so schnell, weisst du."

-„Warum nicht, Viertelstunde, ist doch gut!"

- „Nein, nein", sagte Guido „das geht heute nicht, aber das nächste Mal komme ich." Und nachdem der Hinweis auf „das nächste Mal" gefallen war, fing sie sofort wieder an, sich im Restaurant umzuschauen und zu suchen, ob irgendein neuer Klient Interesse an ihr oder dem Zustand ihrer Muschi hätte. Für sie war es mit Guido für heute gelaufen. Dieser Typ würde ihr nur noch Zeit stehlen. Er würde nicht mitkommen, er war uninteressant für sie geworden.

Aber Guido fragte trotzdem: „Bist du die einzige Blonde hier? Es ist sehr selten, Blonde hier zu sehen."

Jetzt sah sie noch eine kleine Chance und meinte „Ja, alle anderen sind entweder dunkelhäutig oder dunkelhaarig, hahaha."

- „Gut", meinte Guido „dann weiß ich, dass du die Einzige bist, aber jetzt muss ich gehen." Sie legte ihm die linke Hand auf den Schenkel, wackelte nochmal einladend mit ihren Brüsten „wirklich nicht?" Die Brüste wackelten nicht. Beton wackelt nicht.

-„Nein, ich würde wirklich gerne, du bist eine tolle Frau!" log Guido, aber gleichzeitig erhob er sich, gab ihr einen Kuss auf die Backe und sagte: „Das nächste Mal, ganz sicher!"

-„Securo?" sagte sie, obwohl sie genau wusste, er würde nicht mehr kommen.

Und dann war Guido schon wieder draußen. Immerhin wusste er, dass er hier die Frau, die er suchte nicht finden würde.

Noch ein paar Kontaktbars, noch ein bisschen weiterlaufen, immer die gleichen Gesichter, traurige Figuren, die auf Kommando lächelten, wenn man in die Nähe kam, und schimpften wenn man weiterging.

Das sich wiederholende „Hallo schöner Mann, ich habe ein Frage, Hallo, hast du Zeit? Hallo, hast du Lust?", „Hey warte doch mal!", liess er an sich abperlen.

Dann machte er noch ein paar Bars durch und immer das gleiche Ergebnis. Er erfuhr nichts! Nichts, was auch nur im Geringsten auf eine hübsche Blonde hindeutete, die neu im Gewerbe war. Also würde er Morgen sich mit seinen beiden Kollegen treffen und sie würden das heiße Pflaster auskundschaften an dem sie vermuteten, dass die Frau, die sie suchten dort zu finden sei. Irgendwo musste sie sein.

●

Guido war jetzt zurück im Bereich des Straßenstrichs. Jetzt war es bereits etwas später gegen Abend und die schlanken jungen Damen, die sehr jungen, aber bereits verlebten Damen, gingen sofort auf ihn los. Sie sahen in ihm ein vermeintliches Opfer und, wie es in diesem Viertel nun mal so war, je später gegen Abend, um so offensiver gingen die Damen auf potentielle Klienten los.
Zuerst ein „Hey schöner Mann, wie wär`s? Hast du Lust?" Und wenn sie ignoriert wurden folgte prompt ein „Idiot".
Das waren einige der wenigen Ausdrücke, die sie auf Deutsch konnte. Guido hatte auch hier schon vorher aggressives Werben um das Klingental herum erlebt. Es war in letzter Zeit stark gestiegen wie auch die Zahl der Prostituierten aus Osteuropa und vor allem aus Ungarn gestiegen war.
Der allgemeine Konkurenzdruck führte zu dieser zunehmenden Aggressivität bei den Werbungen. Und führte folgerichtig dann auch zu einem

Preisverfall und zu einem Gesundheitsrisiko der Betroffenen.

Hier tummelten sich, sobald es wie gesagt dunkler wurde, die Damen. Den Mini so gerade eben noch über dem Hintern, Bauch frei ohne Rücksicht auf Temperaturen, ohne Rücksicht auf Kälte, Busen bestens präsentiert.

Dazwischen sah man vereinzelt Typen mit den gleichen zielstrebigen Blicken. Ihr Ziel unterschied sich von den Zielen der Werbenden Damen: Aufpassen, Käufer suchen und Kassieren waren ihre Ziele. Stets eine Dose mit einem Energiedrink in der Hand, um die Drogen bei Kontrollen schnell runterspülen zu können. Äußerlich geändert hatte es nicht gross. Erst waren es Schweizerinnen, dann Thai, dann Dunkelhäutige, dann die Damen aus dem Osten.

Es ist ein Viertel für Gestrandete geblieben und das Prinzip und das Elend der hier stehenden Frauen sind ebenfalls geblieben. Aber auch die hier rumstreunenden Mitverdiener sind immer noch zu sehen. Guido wusste, dass er hier die gesuchte Person sicherlich nicht finden würde. Er wusste, dass auch hier natürlich Sex gegen Geld gehandelt wurde. Aber es war ihm ebenso klar, dass er jene Hinterzimmer finden musste, in denen die Grenzen der Kriminalität überschritten wurden. Dort wo auch Menschenhandel begünstigt wurde. Aber hier handelte es sich eher um Frauen aus armen Verhältnissen, die unter Druck ins Gewerbe geschafft wurden. Er musste hingegen einen ganz speziellen Ort suchen. Er suchte eines jener zahlreichen Etablissements, die hinter gut bürgerlichen Fassaden, hinter diskreten Privatwohnungen hochlukrative Arbeit anboten. Jene Etablissements, wo die Preise überdeutlich über den Tarifen des Straßenstrichs lagen. Da, so hatte er erfahren, lässt sich auch für einige Tausender eine ganze Nacht buchen. Diese Orte musste er finden. Und dazu musste er sich im Schatten der Dienstleistungsgesellschaft bewegen und das ist Schwarzarbeit im Milieu, die schließlich in den Tatbestand des Menschenhandels fällt. Folgerichtig werden jene Personen, die sich massiv am Gewerbe bereichern auch extrem vorsichtig und extrem diskret sein.

●

Im Gegensatz zu den Behörden, die auch in der Pflicht sind, hatte Guido jedoch andere, halblegale Möglichkeiten als Privatermittler. Das war eine völlig andere Ausgangslage, die er zu nutzen gedachte. Guido holte seinen Wagen aus dem nahegelegenen Parking und fuhr in jene Richtung, die der Filzli ihn ganz vage angedeutet hatte. Sein Ziel musste irgendwo Richtung Badischen Bahnhof sein. Er fuhr los und als die Wohngegend sichtbar exklusiver und die öffentlichen Parkplätze weniger wurden, stellte er seinen Wagen ab und ging zu Fuß weiter. Wer hier wohnte, hatte seinen eigenen Parkplatz. Öffentliche Parkplätze brauchte man seltener. Aber derartige Etablissements machen einen sauberen, einen gepflegten Eindruck. Sie sind nicht in irgendeiner Form gekennzeichnet, sie haben keine rote Laterne, sie können hinter irgendwelchen gepflegten Hecken, hinter hohen Mauern, hinter schmiedeeisernen Zäunen liegen. In dieser Gegend sah man keine überquellenden, stinkenden Mülltonnen, keine dreckigen Hauseingänge, keine verlassenen Häuser. Lange Zeit lief er ziellos suchend umher. Es dunkelte bereits mehr, als ihm auffiel, dass in einer grossen Einfahrt vor ihm, offensichtlich jemand auf ein Taxi wartete. Drei Personen, eine Frau, zwei Männer. Die junge blonde Frau war sehr teuer, aber nicht auffällig gekleidet und ihr Begleiter war einen Tick zu machohaft, zu übertrieben selbstbewusst und zu übertrieben laut. Zigarette im Mundwinkel, manikürte und auf Hochglanz polierte Fingernägel. -„Du tust aber auch wirklich alles, damit man dir den Zuhälter abnimmt!", knurrte Guido grimmig. Die ganze Situation war absolut zu grell und passte nicht in diese Gegend. Die dritte Person war das, was der Gummi sicherlich als „Maschine" bezeichnet hätte. Der Inbegriff eines muskelbepackten Bodyguards wie man sie aus den französischen Serie -Noir – Filmen der 70-ger Jahre kannte. Ein schwarzes Grosstaxi kam heran und Guido beobachtete, wie die drei das Taxi bestiegen. Die „Maschine" hielt devot untertänigst die Tür offen und bellte gleichzeitig dem Taxifahrer die Adresse eines Hotels zu. Kam Guido recht, er hörte zu. Das Hotel war ihm bekannt. Nobelklasse! Der Begleiter der jungen Dame winkte ungeduldig aus dem halb herunter gelassenen Fenster des Taxis und das war der Moment des größten Glücks für Guido. Er hätte jauchzen können. Er sah das auffällige Tattoo auf dem Unterarm! Eine sich um den Unterarm windende Schlange.

-„Cobra, Cobra! Verdammi, das ist er!" flüsterte Guido.

Er drehte sich um und lief sofort zurück zu seinem Wagen.

Während des Laufens knurrte er: „Dich lasse ich nicht mehr los, Cobra, *It is all over, baby blue.*"

Das Pärchen wäre ihm nicht einmal gross aufgefallen, wenn die beiden nicht, wie Gummi es ausgedrückt hätte in seinem perfekten Basel-Deutsch, „overdressed" gewesen wären. Die Dame hatte sich in eine Rundhalsbluse geschmissen mit grossem, floralen Muster, schwarze Jeans mit weißen Seitenstreifen. Und, es war Sommer: Sie trug einen schwarzen, taillierten Gehrock. Sie trug wirklich einen Gehrock! Die Wirkung war die einer Anziehpuppe mit mühsam antrainierter Eleganz.

Ihr Begleiter, der sie dauernd besitzergreifend umfasste und ihren Hintern begrabschte, trug einen hellen, einreihigen Leinenanzug mit farblich passendem Gilet. Exquisite Massanfertigung für besondere Anlässe signalisierten die Details des Modells.

Guido schnalzte wissend mit der Zunge. Das war Cobra, ganz typisch. Cobra, jener geheimnisvolle Grosszuhälter von dem niemand den wahren Namen kannte. Den die Wenigsten je zu Gesicht bekommen hatten. Alle redeten nur von Cobra. Den Namen hatte er nicht wegen des Tattoos auf seinem Unterarm erhalten, nicht wegen der Kobra-Band. Ganz im Gegenteil, er legte Wert auf das C, mit dem er Cobra schreibt und nicht K. Und seit er einen seiner Männer brutal zusammengeschlagen hatte, nur weil dieser, in völliger Unwissenheit, von Koppara geredet hatte, war sein Name Cobra mit C geschrieben worden.

Der Grund, den er jedem gerne erklärte: „Ich fahre einen Cobra! Und der hatte nun wirklich nichts mit Kokosnüssen am Hut, die man von dem Koppara ableiten konnte. Sein 7 Liter V8 Cobra nutzte er nie im Milieu. Da war er zu schlau geworden. Das war ihm zu auffällig. Ein Cobra in klassischer Blaulackierung im Milieu würde schrecklich auffallen. Das hatte er nicht nötig. Er musste bei seinen Mädchen punkten, die mit ihm in der Cobra fahren durften. Sie waren sein Eigentum. Das musste allen klar sein. Nur solche Mädchen durften sich neben ihn in den Cobra setzen, die sich darüber klar waren. Und diese Mädchen wurden nur in ganz grossen Ausnahmefällen an Klienten vergeben. Und „Ausnahmefälle" bedeutete viel, viel Mietgebühr.

Guido wusste genug, um seine nächsten Aktionen zu planen. Er spurtete zum Wagen. „It is all over, baby blue", summte er weiterhin seinen Lieblingssong von Bob Dylan, als er im Wagen sass und losbrauste.Er kannte das Ziel und dieses Wissen machte es ihm leicht.

Als er in der Tiefgarage gleich neben dem Zielhotel angekommen war, griff er ins Handschuhfach, streifte sich die dort liegende protzige Golduhr über das Handgelenk. Sah aus wie eine „Rolex Yachtmaster Basel World". War es aber nicht!

- „Ein sackteures Stück", antwortete Guido jeweils hinterhältig grinsend auf Fragen, wenn er sie rumzeigte. Aber es war ein „Fake" für ganz besondere Gelegenheiten. So, wie diese, die nun kommen würde.
Er hatte das gute Stück per Internet aus China kommen lassen. Eine Investition von wenigen Franken. Jetzt sollt es sich bezahlt machen. Auf den ersten Blick machte es was her, in die Hand nehmen durfte man es nicht. Und wer streift schon eine Uhr, von einem fremden Handgelenk, um sie anzuschauen. Für heute würde es genau seinen Zweck erfüllen, und in die Hand würde er es sicher niemandem geben.
- *„But what ever you wish to keep, you better grap it fast"*, vollendete er leise summend die angefangene Dylan-Strophe und stieg aus. Er war wirklich guter Dinge. und ergriff noch einen auffälligen, aber in seiner Hässlichkeit extrem teuer wirkenden Veston vom Rücksitz. Das würde sein Aussehen jenem von Cobra deutlich näher kommen.
–„Gleich und gleich gesellt sich gern", hoffte Guido und legte sich zusätzlich einen passenden, in den Hüften wiegende Bluffergang zu, der hoffentlich Macht und viel Geld in der Brusttasche signalisieren würde. Wiegender Gang, die Arme zur Seite, um breite Schultern zu betonen.
Auf diese Art vorbereitet betrat er die Hotelhalle und steuerte zielgerecht auf die rechts im Hintergrund gelegene, exklusive Aperobar zu. Gut gelaunt summte er *„Start new, go start new, cause it is allover now, baby blue."* , und bestellte laut, überdeutlich, und geradezu anmassend

selbstbewusst einen Glenfiddich ohne Eis. Er beobachtete den Raum hinter sich durch die vielen Flaschen vor dem grossen, geschnitzten Art-Deco-Spiegel der Goldenen Zwanziger im Hintergrund der Bartheke. Jetzt ging es erst einmal darum, Beweise zu sammeln. Und er wusste aus Erfahrung, dass die gewaltigste Arbeit eines und Herausforderung für einen Ermittler mit den kleineren Dingen beginnt. Schlussendlich müssen die gefundenen Beweise auch gerichtstauglich sein. Widersprüchliche Aussagen bringen am Ende überhaupt nichts. Guido hatte lange recherchiert und es war ihm immer klarer geworden , mit wem er es zu tun hatte. Es war brandgefährlich hier Fehler zu machen! Guido war überzeugt, dass er die Schwäche von Cobra richtig witterte. Er beobachtete ihn unauffällig weiter und entschied sich, den direkten Kontakt zu suchen. Vorsichtig aber mit klarem Ziel. Er würde sich nicht um einen Kontakt bemühen oder sich einschleimen. Nein, er musste ihn mit den eigenen Waffen ködern.

-„Ich muss ein reicher Grosskotz sein. Ich muss überzeugend als geiler Geldsack auftreten, der neben Geld auch noch massenweise Connections aufzuweisen hat!"

Die ersten Schritte hatte er bereits intuitiv umgesetzt: Übertriebene Selbstsicherheit demonstrieren, das Bedienungspersonal von oben als „Domestiken" behandeln, teuerste Getränke bestellen, mit einer protzigen Uhr bluffen.

Dieses „Was kostete die Welt- Gehabe", das er bei anderen so sehr verabscheute, musste er jetzt widerwillig für sich in Anspruch nehmen.

-„Und wenn es mir gelingt, habe ich dich im Sack, du Schoofseggel", flüsterte er in sein Whiskyglas.

Sein Handy steckte er in die Brusttasche seines Vestons, schaute unauffällig etwas oben heraus, sodass die Kameralinse nach Aussen zeigte. Er drehte sich kurz nach links, um die Getränkekarte zu ergreifen. Die andere Hand liess er locker in der Seitentasche und schoss mehrmals Fotos von der am Tisch sitzenden kleinen Gruppe. Den hierzu nötigen Fernauslöser hatte ihm der Professor besorgt. Ware aus China, funktionierte nicht immer aber einige der Versuche würden sicher brauchbar sein.

Der Professor hatte diese Zusatzausrüstung damals noch abfällig als „unnötigen China-Glumb" bezeichnet, aber jetzt würde es sich beweisen, ob es wirklich nur „Schnickschnack" war oder seinen Zweck erfüllen würde.

-Naime wirsch scho druff sii du Schoofseggel!", sagte er nochmals grimmig in sein Whiskeyglas. War ein schwieriges Unterfangen. Einerseits trank er keinen Alkohol, andererseits musste er für Zuschauer als Geniesser erscheinen. Dazu kam sein ureigenes Problem, nicht wieder in eine Alkoholphase abzurutschen. Er hatte diese Schmerzhafte Zeit hinter sich gebracht und wollte sie nie wieder erleben. Anderseits würde er hier mit Wasser sicher nicht punkten können.

-„Äähh" stöhnte er genüsslich anerkennend zu diesem vermeintlich gutem Tropfen und schnalzte mit der Zunge.

-„*See so many people putting on the style*", summte er, zufrieden mit seiner Show. Irgendwann würde er einen weiteren Whiskey bestellen müssen. Das Problem dabei war, dass dann aber auch sein jetziges Glas leer sein müsste. Er hatte eine Idee. Draussen ist doch der Rhein! Er stand auf und schlenderte, sein Glas in der Hand, gemütlich auf die Terrasse. Um die Gruppe am Tisch hinter sich kümmerte er sich immer noch nicht.

-„Auffallen ist zwar zielführend aber zu viel Auffallen kann tödlich sein!"

Jetzt kam der nächste Schritt seines Plans.

Hinter seinem Rücken hörte Guido ein näher kommendes „Klick, klack, klick, klack" von hochhackigen Damenschuhen.

Die Gruppe am Tisch vor ihm drehte jetzt, wie auf das Kommando eines unsichtbaren Regisseurs, ihre Köpfe. Guido blieb unbeeindruckt sitzen und zeigte keinerlei Interesse an der jungen Frau, die sich graziös durch die locker gruppierten Ledersessel schlängelte. Sie verstand es sehr gekonnt, ihre Figur in aufreizender Eleganz zur Geltung zu bringen. Nach jeder Umrundung eines Sessels nahm sie sich die Zeit, den hautengen, schwarzen Rock wieder „faltenlos" nach unten zu streichen. Sie nahm Platz. Sie suchte sich gezielt den Sessel unter dem grossen Kronleuchter. Das Licht wurde durch die unzähligen angeschliffenen

Steinchen vielfach gebrochen und liess ihre blonden Haare glitzern.

Guido bestellte einen neuen Whisky.

-„Haben sie noch einen von diesem überirdisch teuren Rauchigen?"

-„Aber gerne der Herr!"

-„Darf aber schon etwas ganz Besonderes sein. Einen Chivas oder wenn sie den Japanischen, diesen Hibiki haben, noch so gerne." Er musste sich jetzt für diese Runde bekannt machen. Und das ging nur, indem man auffällig mit Geld um sich schmeisst

-„ Einige der Rheinfische werden ja wohl nachher besoffen sein.", wenn ich diesen teuren Whiskey in den Rhein schütte. Aber der Zweck heiligt schliesslich auch hier die Mittel.

Mit dem neuen Glas und einem Päckchen Zigaretten ging er an der nun etwas grösser gewordenen Gruppe vorbei auf die Terrasse. Er lächelte kurz und deutete entschuldigend auf seine „Suchtstengel" und sagte: "Die brauche ich jetzt!".

Jetzt stand er draussen an das eiserne Geländer gelehnt und rauchte.

-„Wir werden immer weniger." Flüsterte eine Stimme hinter ihm und Guido drehte sich erstaunt um.

-„Wir?"

-„Wir Raucher?"

-„Ja, genau. Wir Raucher."

Jetzt standen sie nebeneinander und schauten auf die Wasseroberfläche. Dann folgte etwas nichtssagender Smalltalk: „Von Basel? Oft hier?,

Schöner Blick, Nette Begleitung haben sie!,
Whiskey-Liebhaber?" Und alles so ein Zeug.
-„Dann muss ich mal wieder meinen Whiskey
grüssen, meinte Guido, nickte kurz und ging zurück
an die Bar.
Kaum sass er an der Bar bemerkte er wie die erste
der zwei Frauen irgendwie zappelig wurde. War sie
vorher noch in bester Stimmung, hatte euphorisch
an den Gesprächen teilgenommen, so zeigte sie
jetzt deutliche innere Unruhe. Andauernd flüsterte
sie ihrem Begleiter etwas ins Ohr und reagierte
dann verstimmt auf dessen Kopfschütteln. Sie
bettelte wie ein kleines Schosshündchen, das sein
Herrchen um Leckereren anfleht. Guido kannte die
Sympthome und wartete interessiert ab, wie es
jetzt weitergehen würde. Der Typ war ein Gärtner.
Sähen –pflegen-ernten, war seine Devise. Er zog
sich seine „Hündchen" heran, wie ein Gärtner seine
Pflanzen.
Das „Hündchen" bettelte weiter, zeigte sich verliebt,
schmuste und schmiegte sich unterwürfig an ihr
Herrchen.
Ihr Herrchen wedelte jetzt mit einem kleinen
Briefchen vor ihrem Gesicht umher.
-„Willst du es"
-„Ja, gib's mir!"
Sie begann bereits weitere Entzugssympthome
aufzuweisen, verlor bereits ihre noch verbliebenen,
sozialen Hemmungen. Guido merkte, dass die
Droge bereits ihren Alltag bestimmte.
Nur so waren die Tage für sie zu überstehen.
Nur so konnte sie ganze Nächte unterwegs sein.
Nur so konnte sie vergessen.

-„Jetzt muss dieser Scheisskerl doch einfach mal reagieren!", knurrte Guido in seinen teuren Japanischen Whisky. Er war inzwischen derart wütend, dass er ihn am liebsten in einem einzigen Schluck ausgetrunken hätte. Er hielt sich zurück. Ein Rückfall würde alles zunichtemachen, würde diesem Sauhund da unten am Tisch in die Hände spielen. Er riskierte, dass man auf ihn aufmerksam wurde.

Und richtig! Er gab das kleine unscheinbare Brieflein an seine zweite Begleiterin weiter, an die glitzernde Blonde.

Vielsagend deutete er mit dem Kinn in Richtung Toilette.

Die Blonde erhob sich sofort, ergriff ihre Begleiterin am Oberarm und zog sie mit sich fort. Laut trällernd lief diese mit. Ihre Arme kreisten um Ihren Körper wie Propeller. „Helicoptergang" hat der Gummi dieses Fortbewegen einmal bezeichnender Weise benannt.

Nach etwa zehn Minuten würden sie zurück kommen. Bestens gelaunt und voller Tatendrang. Diese Wartezeit musste Guido jetzt nutzen! Er ging wieder auf die Terrasse Der Typ, den er als Cobra vermutete, kam ihm mit einer dicken Zigarre hinterher. Natürlich eine

Cohiba! Aber die „normale" war für ihn noch zu wenig, es musste die etwa 18 cm lange Esplendido für 50 Franken sein.

-„Wie bereits gesagt, er muss einfach immer wieder bestätigen, dass er ein Scheisskerl ist!", dachte Guido erneut und lächelte ihm entgegen.

-„Mir wird es hier so langsam zu langweilig.", sagte Cobra und schaute sich auf der leeren Terrasse um.
-„Geht mir auch so. Ich bin eindeutig für mehr Aktion."
-„Auf der anderen Seite des Rheins habe ich einen interessanten Ort gefunden. Er nannte einen Straßennamen.
-„Kenne ich leider nicht." Log Guido.
-„Macht doch nichts. Sie können es ja kennen lernen."
Guido gab sich interessiert.
-„Kommen sie doch mal vorbei! Wir haben nur ganz exklusive Kundschaft." Er meinte natürlich Kundschaft mit extrem viel Geld mit dem starken Bedürfnis dieses auszugeben.
-„Frauen?"
-„Alles nur Sahneschnittchen! Und nur auf persönliche Einladung.
-„Ach so." Guido tat enttäuscht.
-„Aber eine Einladung haben sie ja jetzt gerade erhalten!"
Jetzt lachte Guido befreit auf und Cobra freute sich, einen neuen Kunden bekommen zu haben. Er konnte nicht wissen, dass die Motive für Guidos Lachen aus völlig anderen Gründen entstanden waren: Er war sicher, die verschwundene Tochter von Frau Brunetti gefunden zu haben und hatte gleichzeitig deren Aufenthaltsort erfahren.

Die Razzia

„Das Feuer verzehrt den, der es entfachte"
Simbabwe

Das I GING wurde befragt und hatte Guido
folgende Hinweise gegeben:

> *„Du solltest dich darauf konzentrieren, das*
> *bestmögliche zu tun.*
> *Es ist vorteilhaft, sich um Unterstützung zu*
> *bemühen.*
> *Gutes Gelingen. Fordere es, Heere*
> *marschieren zu lassen. Zögern bringt Reue.*
> *Freunde scharen sich um dich, sie geben*
> *Hilfe und eine Haarspange. "*

Den Ausdruck „Haarspange" interpretierte Guido als
„Zusammenhalten mit den Freunden".
Nach dem gestrigen erneuten Treffen hatte Guido
nun wirklich genug gesehen. Er reaktivierte seine
Kontakte zu Freunden unter den Basler Fahndern
und gab dort sein gesamtes, bisheriges,
gesammeltes Wissen weiter.
- „Ich kann detaillierte Angaben machen, aber ich
kann nicht als eine Art Kronzeuge in Erscheinung
treten. Das ist für mich und die weiteren
Betroffenen", hier dachte er an seine engsten
Freunde, „zu heiß", war seine Bedingung gewesen.
Er hatte Glück, grosses Interesse für sein Anliegen
zu finden und legte vertrauensvoll seine Beweise
vor. Er konnte das private Establishment benennen,

Fotos der mutmaßlichen Täter und einiger der dort arbeitenden Frauen zufügen. Die Staatsanwaltschaft zeigte ebenfalls geradezu auffälliges Interesse und hoffte mit Hilfe dieser neuen Fotos, die sehr umfangreich waren, zusätzliche Einblicke in das Gefüge der Gruppierung zu bekommen. Für Guido war dies ein Hinweis, dass man schon seit längerer Zeit in dieser Richtung forschte.

•

Man war vor allen Dingen an den Hauptakteuren, speziell an der Person mit dem Kopf namens Cobra interessiert. Die Ermittler hatten somit bereits seit Längerem Grundlagen geschaffen und man erhoffte sich endlich diesen Kopf des Rings, der sich bereits seit längerer Zeit herauskristallisiert hatte, fassen zu können.

Auf Grund der bisherigen Ermittlungen und der nun zusätzlich vorgelegten Beweise konnte die polizeiliche Lage konkretisiert werden. Zudem lag, wegen der gemeldeten entführten Person, eine notwendige Gefahrenabwehr vor. Die Staatsanwaltschaft gab umgehend, was sehr auffällig war, grünes Licht für eine Razzia mit Spezialbefugnissen für die Polizei, da ein Eingreifen durch andere Ordnungsbehörden nicht rechtzeitig erfolgen konnte. Es musste umgehend gehandelt werden.

Die Schnelligkeit dieser Reaktion war gestützt -
wegen der Unaufschiebbarkeit auf
Spezialbefugnisse - und somit konnte schnell eine
Razzia mit Unterbringungsgewahrsam,
Durchsuchungen, polizeiliche Zwangsmittel,
Sicherstellungen und Unterlagenverwertung
durchgeführt werden.

●

Guido war der genaue Termin der Razzia nicht
bekannt, aber er wusste aufgrund einige Hinweise,
dass er sehr kurzfristig erfolgen würde. Er schickte
eine SMS ab: *„Heute und Morgen nicht ermitteln!*
Jeder sorgt für ein felsenfestes Alibi. Das Alibi mit
anderen Personen absichern. Nicht untereinander"

●
.

In Basel kündigte sich ein wundervoller Tag an. Ein
zartes Flieder am Horizont, das hinter den Türmen
des Münsters wie in ein leichtes Orange eintauchte.
Still im Wasser des Rheins schaukelnde Weidlings.
Diese etwa zehn Meter langen Flachboote, die bei
Wasserfahrvereinen sehr beliebt sind, sind entlang
einer weiten Strecke entlang des Rheins abwärts
geparkt.

Es hätte ein wunderschöner Tag werden können, aber für Einige würde es sich zur Katastrophe auswachsen.

Und dann rauschten sie nahezu lautlos heran! Ein Gemisch von Streifenwagen und mattschwarzen Mannschaftswagen. Vier Streifenwagen blockierten die grosse Einfahrt zu dem Etablissement von Cobra und blockierten ruhig und professionell sämtliche Zufahrtsstrassen und Wege.

Die mattschwarzen grossen Wagen fuhren lautlos von zwei Seiten der Strasse vor das Haupttor. Wie grosse schwarze Käfer sahen sie aus. Diese grossen schwarzen Käfer spuckten wiederum kleinere schwarze Käfer aus, mit Helmen und schusssicheren Westen.

Die schwarzen Käfer sprangen aus den Fahrzeugen und bewegten sich mit angewinkelten Knieen, leicht gebückt links und rechts der Mauer lautlos auf das grosse Eingangstor zu. Und dann stürmten sie das Hauptgebäude. Sie behielten ihre Bewegung bei und die für diesen Einsatz optimale „hohe Vorhalteposition" der Waffe in High Ready wurde eingehalten. In dieser Position ist die Mitte der Waffe auf Augenhöhe, die Mündung ist in Richtung Himmel. Bei der Bewegungsrichtung ist alles optimal im Auge zu behalten.

Hinter ihnen rückten auch die zivilen Ermittler nach, die lediglich mit Handfeuerwaffen ausgerüstet waren, vor. Auch diese Gruppe war hochprofessionell geschult. Da sie damit rechnen mussten trotz der Vorarbeit ihrer Kollegen noch mit Kampfsituationen rechnen zu müssen, hielten sie sich streng an die C.A.R. Technik zum Gebrauch von Kurzwaffen. Die Kurzwaffen nahe am Körper führen dient dabei dem Zweck, dass Magazine schnell gewechselt werden können und ihnen die Waffen nicht so leicht aus der Hand geschlagen werden können.

Auch die beiden Nebeneingänge in der Mauer waren nun besetzt und gegenüber den anderen Strassen abgeriegelt. Danach lief alles schnell ab. Rechts und links neben dem grossen, protzigen, schmiedeeisernen Tor der Villa warteten die Mitglieder des Einsatzkommandos. Der Einsatzleiter in einem der schwarzen Fahrzeuge hörte eine Stimme im Lautsprecher
-„EA 1 alles unter Kontrolle, bereit zum Zugriff".
-„EA 2 alles unter Kontrolle, bereit zum Zugriff".
Er rief ruhig, aber laut in da Micro in sein Micro:
-„Zugriff, go!"
Zwei Personen des Spezialkommandos trugen eine der tragbaren moderneren Rammen, die zusätzlich mit einem Mechanismus ausgerüstet sind, der der beim Aufprall die Türbrechende Krafteinwirkung erhöht.
Nach dem Einsatz der nahezu 50 Kg schweren Ramme, gab das grosse, eiserne Tor mit lautem Krachen den Weg frei und die Gruppe stürmte den Hof.

Zwischenzeitlich hatten sich Zuschauer gesammelt und schauten dem Treiben aus sicherer Entfernung aber mit wachsendem Interesse zu. Sie wurden zurückgehalten, aber immerhin konnten sie sehen was vor sich ging. Was sie nicht sehen konnten war die Tatsache, dass die Ermittler an weiteren Orten zuschlugen. Einige Straßen weiter unten wurde das Wohnhaus eines weiteren vermuteten Verdächtigen gestürmt. Ein Motorrad mit ausländischem Kennzeichen und zwei protzige Wagen wurden abgeschleppt. Der 45-jährige Türke wurde festgenommen und abgeführt. Weitere Zugriffe erfolgten in Zürich und auch in Deutschland, wo weitere Beschuldigte festgenommen wurden, gegen die Ermittlungen liefen. Aber Schwerpunkt war Basel. Zwei der Spezialkräfte gingen innerhalb der Mauer, links und rechts des Tores, in Position und der Rest stürmte weiter auf die Villa zu. „Scharf S bereit?" fragte der Einsatzleiter und die beiden Scharfschützen brachten ihr Scharfschützengewehr TRG 41 in Schussposition und funkten umgehend Code 235 (einsatzbereit) an die Zentrale. Das Präzisionsgewehr wird in der Schweiz als SSGw04 bezeichnet und wird bei derartigen Einsätzen mit der 8,6mm Patrone verwendet. Explosivmunition, die auch möglich wäre, darf gemäß Genfer Konvention nicht eingesetzt werden, aber eine 8,6mm Patrone, 05 Gewehrpatrone durchschlägt bei derartigen Einsätzen sogar Körperpanzerungen und zwar mit Leichtigkeit.

Besonders auf diese kurze Distanz von wenigen Metern.

•

Die schweren, hölzernen Flügeltüren der Villa flogen nun ebenfalls krachend auf und drei muskelbepackte Typen in schlampigen Trainingshosen stürmten dem Einsatzkommando der Polizei entgegen. Bewaffnete, gefährliche und gewaltbereite Maschinen. Ihre auffälligen Spinnweben-Tattoos an den Ellenbogen, deren Bedeutung für den Verlust der Freiheit aber nur ein Grund für die Beliebtheit war. Es wird behauptet, die Zahl der Netzspeichen würde für die Zahl der abgesessenen Jahre stehen. Und sie hatten breite Spinnen-Netze an ihren Armen!

Eine dieser Maschinen, der dunkelhäutige, den sie innerhalb des Clans „El Negro" nannten, machte den Fehler, seine Uzi in Schussposition zu bringen. Statt seine Waffe wegzulegen, erhob er diese gegen die anstürmenden Beamten.

Ausgehend von den Erfahrungen jenes Landes, in dem er lange Jahre gewirkt hatte, glaubte er, die momentane Situation durch Waffengebrauch beeinflussen zu können. El Negro war im Drogengeschäft gross geworden und lange Zeit ein Meisterkoch der lateinamerikanischen Kokainbosse gewesen, für die Gewalt zum Tagesgeschäft gehörte und Menschenleben nicht viel zählten. Hier in Basel war dies eine folgenschwere Fehleinschätzung! In der EZ (Eisatzzentrale) kam über Funk „der Code 26" an. Widerstand! Der Einsatzleiter Waffeneinsatz bewilligt den Waffeneinsatz mit einem „brechen!" und das TRG des links neben dem Tor knienden Scharfschützen gab umgehend ein kurzes „Plop" von sich.

Für El Negro veränderten sich dadurch von einem Moment auf den anderen zwei Dinge: Seine Kniescheibe wurde durch das Geschoss zertrümmert, die Muskeln abgerissen und die Energie des Geschosses wirbelte ihn um seine eigene Achse. Der Schmerz liess seine Muskeln verkrampfen und eine Salve löste sich aus seiner Waffe. Die Geschosse fuhren in den Boden vor ihm und richteten keine Personenschäden an. Aber die Abgabe dieser Salve veränderte die spätere rechtliche Einschätzung des Strafbestandes. Jetzt war es kein einfacher Waffenbesitz mehr, wie bei seinen Kollegen, deren Waffen am Boden lagen, sondern es war bereits der Versuch von Körperverletzung. Es gab keine entschuldbaren Gemütsbewegungen oder grössere seelische Belastungen, und diese Veränderung würde seine zu erwartende Gesamtstrafe um mindestens fünf Jahre erhöhen. Auch würde er sich nicht auf die berüchtigte Unberechenbarkeit berufen können, dass sich wegen der simplen Konstruktion der Uzi auch im gesicherten Zustand Schüsse lösen können. Dieser Mangel war durch eine Handballensicherung zwischenzeitlich behoben worden, und würde bei der Staatsanwaltschaft auf taube Ohren stossen.

Die Festnahmen erfolgten umgehend.

Eine zweite Gruppe schwarzer Käfer stürmte den etwa 30 Meter entfernt liegenden Garagenkomplex. Von der Dreiergruppe der Wachmannschaft der teuren Boliden leistete lediglich eine Person mit dunklen öligen Haaren und dunkelbraunen Augen vehement Widerstand. Er wurde überwältigt, und zu Boden gebracht. Beim Anlegen der Handschellen deutete einer der schwarzen Käfer auf das auffällige Tatoo auf der Innenseite seines Unterarms.
-„Wir haben hier Yasin.", gab er an die Einsatzleitung weiter.

●

Eine Zeit lang war nichts zu hören und dann: „gesichert, gesichert, gesichert".
Jetzt wusste der Einsatzleiter, dass alles gut verlaufen war. Zumindest gut für die Polizei.
-„An Alle. Doppelter Emil. Doppelter Emil." Der Einsatzleiter beendete den Einsatz der „schwarzen

Käfer" mit einem EE[16]. Es zeigte, wie zufrieden und beruhigt er mit der Durchführung war. Gute Arbeit!
Vier Frauen aus Ungarn und eine Schweizerin mit Basler Dialekt, und drei Türken und wurden mit einer Acht (Handschellen) aus dem Haus geführt und in Gewahrsam genommen. Die Schweizerin, deren Gesundheitszustand kritisch war, wurde umgehend in das Spital überführt.
Auf Grund der vorgängig von Guido gemachten Angaben und der zusätzlichen Fotos wurden die anschließenden Verfahren bereits früh von denen der übrigen abgekoppelt und die Eltern der jungen Schweizerin informiert. Zwar erhielten die Ermittler bereits bei den ersten Vernehmungen Eindrücke in die Geschäfte der Gruppe, aber es handelte sich offensichtlich um Nebenschauplätze.
Auch kristallisierten sich nach und nach die Hauptakteure mit ihrer kriminellen Vergangenheit heraus. Aber bereits jetzt wurde wegen Bedrohungen deutlich, dass weitere detaillierte Aussagen schwer zu erwarten waren. Die erste Euphorie bei den Ermittlern liess bereits etwas nach.
Der mutmassliche Kopf der Gruppe, es handelte sich um Cobra, war zudem entkommen. Wie er Kenntnis davon bekommen hatte, wann die Razzia durchgeführt werden sollte, war nicht bekannt geworden.
Die Presse lobte den erfolgten Grosseinsatz in den höchsten Tönen: „ Dem Sexgeschäft die Flügel gestutzt", „erfolgreiche Grossrazzia",

---

[16] EE = Einsatzende

„Drogenhändler vor Gericht.", „Polizei gelingt Schlag mit zahlreichen Festnahmen", „entscheidende Beschlagnahmen von Vermögen."

-„Polizei und Staatsanwaltschaft sind sich aber auch darüber im Klaren, dass Festnahmen die eine Seite sind und Verurteilungen die andere.", meinte der Gummi.

-„Rund 1000 Sexarbeiterinnen schätzt man in Basel, rund 200 Bordelle und mengenweise Kontaktbars. Ein weiteres Merkmal des Gewerbes ist die zunehmende Mobilität. Das weist du doch auch.", zählte Guido auf.

-„Ja, ja."

-„Das bedeutet, dass viele Frauen kommen und bleiben für kurzfristige Tätigkeiten."

-„Ja , das ist uns allen bekannt."

-„Und Prostitution ist meines Wissens in Basel nicht illegal."

-„Klar, je nach Arbeitsmodell sind sie eben juristische Personen oder Selbstständig erwerbende."

-„Sagt ja auch niemand, dass Ermittlungen im Bereich des Menschenhandels nicht leicht sind." Meinte Guido und verzog sein Gesicht kummervoll."

-„Die Beteiligten zu fassen ist ein Ding der Unmöglichkeit aber auch nicht unser Job!", fasst er seinen Frust zusammen.

Für die Staatsanwaltschaft waren die Verbindungen zum Drogenmilieu und zur Geldwäsche offenkundig.

Einige Kleindealer wurden vom Basler Strafgericht zügig verurteilt. Der Zeitungsbericht endete mit dem sybillinischem Satz: „Nicht zuletzt wegen der

Vorgeschichten ist es klar, dass ein grosser Schlag geglückt sein könnte, sofern sich die Verdachtsmomente zu einer Anklage verdichten."
Ein Satz, den Guido nur sehr kurz und volle der Bitternis aus all seinen Erfahrungen kommentierte: „Die Grossen werden weitermachen."
Und so war es dann auch. Einige kleine Fische erhielten Gefängnisstrafen und einige Wochen später war das „Management" der Villa ausgetauscht und die Mietverträge lauteten auf andere „unbescholtene Personen. Auch Cobra hatte, nachdem er eine Zeitlang die Füsse still gehalten hatte, andere Aufgaben im gleichen Milieu übernommen. Das Geschäft lief weiter!

Die Meldung, die Guido an die Mutter von Bea weitergeben musste, war einerseits schmerzhaft andererseits aber auch eine grosse Enttäuschung. Aber die Tochter war gefunden worden!

-„Tut mir wirklich sehr leid. Den Hauptschuldigen haben wir nicht erwischt.", hatte Guido voller innerer Unzufriedenheit seinen Bericht begonnen. Die Reaktion war erstaunlich gewesen. Erst viel später würde er sich wieder daran erinnern.
Frau Brunetti fuhr unwirsch dazwischen.
-„Jetzt ist erst mal meine Tochter wichtig, um den Kopf dieser Bande kümmern wir uns später.", hatte sie lakonisch geantwortet.
Was sie mit dem „wir kümmern uns später" meinte war Guido unklar. Auch das „wir" verunsicherte ihn eine zeitlang irritiert.

Aber er würde es noch erfahren, wer und was gemeint gewesen war.

-„Wen meinen sie mit wir?", hatte er trotzdem gefragt. Eher ein Reflex, nicht aus dem Wissen, was noch kommen würde. Frau Brunetti war nicht darauf eingegangen.

- „Ihr Auftrag ist abgeschlossen!", war die kurze Antwort. Sie hatte das „IHR" nahezu überdeutlich betont. Nicht unfreundlich aber doch sehr konkret hatte es geklungen.

Ihre Lippen hatten bei diesem Satz einen waagrechten Strich gebildet und Guido war um diese ausweichende Antwort froh gewesen.

Diesen verbissen zusammengepressten Lippen hatte er nicht viel Aufmerksamkeit gewidmet, Er war von diesem Fall noch immer sehr aufgewühlt und speziell das „abgeschlossen" beruhigte ihn.

Er würde sich jedoch einige Zeit später nochmal daran erinnern und dann Dann könnte auch er den Ausdruck „abgeschlossen" benutzen.

Wowa / Die Vorbereitung

Verschweige, was du tun willst, so kommt dir niemand dazwischen

Deutsches Sprichwort.

Gestern hatte man dem Mann namens Wowa, nach langem Warten, mitgeteilt, dass nun seine Schreibmaschine, die er bestellt habe, abgeholt werden könne.
Die angekündigte Schreibmaschine, das wusste er, war seine „Dragunov".
Und gleichzeitig war in seinem Briefkasten auch bereits diese wichtige Kordel gewesen. Zwei Knoten auf der Kordel. Das war das Zeichen, für die Zeit des Treffens. Zwei Knoten bedeuten zwei Uhr am Nachmittag. Er steckte die Kordel völlig gelassen in die Tasche und begab sich umgehend auf sein am Rheinufer gelegenes Zimmer
Das Warten hatte endlich ein Ende! Es konnte losgehen!
Für ihn waren jetzt die weiteren Schritte klar vorgegeben und er musste sie relativ schnell und problemlos und auch ohne irgendwelche Aufmerksamkeit zu erzeugen, hinter sich bringen. Irgendwelche Sorgen machte ihm dies absolut nicht.

In Polen hatte man ihn „Duch", das Gespenst genannt, weil er nach erfolgreicher Durchführung seiner Jobs jeweils unauffindbar verschwunden war. Für Aussenstehende war dann irgendwann, irgendwo, irgendjemand gewesen, hatte perfekt eine Tat ausgeführt und hatte keinerlei Spuren hinterlassen. Ein Gespenst!

Er nahm ein T-Shirt mit Golfreklame aus dem geschnitzten Eckschrank, steckte es in eine Plastiktüte, setzte sich die Basecap auf, die ebenfalls sehr eindeutig an Golfsport erinnerte. Eine weisse Basecap mit einem kleinen gestickten Golfer oben in der Mitte über dem Schirm.
-„ Noch nie habe ich dieses langweilige Golf gespielt!" Er grinste.
Er ging ohne Eile die eng gewundene, knarrende Holztreppe von seinem Zimmer in vierten Stock nach unten, trat auf die Strasse, schlenderte direkt auf die nächste, gegenüber liegende Station der Tram zu.
Im rechts danebem liegendem Kiosk kaufte er sich eine Basler Zeitung und als die Tram anhielt, fuhr er zwei Stationen weiter, stieg aus und ging in das gegenüberliegende grosse Kleidergeschäft.
Er schaute sich suchend um, durchquerte das Geschäft, da er ja sowieso nichts kaufen wollte, und verließ es durch den gegenübergelegenen Ausgang. Wieder schaute sich um. Keine auffälligen Personen, keine Personen, die er schon einmal auf dem Weg zu diesem Geschäft gesehen hatte, absolut nichts Auffälliges.

Er bog an der Straße nach links ab, dann stand er bereits vor dem grossen Sandsteingebäude der Hauptpost. Auch hier schaute er sich erneut unauffällig um und als ihm wieder nichts auffiel betrat grusslos das gegenüberliegende Café. Dieser Ort war mit Überlegung für seinen heutigen Zweck ausgesucht. Die Tram rattert hier alle Minute vorbei, es herrscht ein stetiger Strom an Kommenden und Gehenden. Das Café nannte sich „Fumare Non Fumare". Es ist zweigeteilt. Seit dem Rauchergesetz muss man sich im Fumare selber bedienen, an der Bar des danebenliegenden Non Fumare.

Draußen war bestuhlt, einige wenige Gäste sassen bereits dort. Die meisten auf der linken Seite. Seit der neuen Nichtraucherordnung war im Teil Non Fumare meistens mehr los. Wowa setzte sich zu den Rauchern nach draussen. Nachdem er sich einen Espresso ohne Wasser bestellt hatte, nahm er die Basler Zeitung, faltete sie einmal zu einem flachen Stück, nahm die Kordel mit den zwei Knoten und wickelte sie um die Tageszeitung. Das war sein Erkennungszeichen für den Kontaktmann den er gleich hier treffen würde.
Kurze Zeit später, genau um 1400 Uhr, tauchte ein unscheinbarer etwa 30- jähriger Mann mit einem Cartbag, einer grossen Golftasche, auf. Das ovale, auffällige Firmenlogo auf der rechten Seite, Callaway, zeigte, dass der Besitzer offensichtlich Golfer mit Leib und Seele war und die Verbindung zum Golf immer und überall zum Ausdruck bringen

wollte. Heute sollten sich mögliche Zeugen nur an „Golf" erinnern.

Der Kontaktmann, eben dieser mit dem Cartbag, setze sich links neben ihn, ebenfalls mit dem Rücken zur Wand und würdigte ihn keines Blickes. Ein Profi, okay! Als der Kontaktmann die Basler Zeitung mit der Kordel und den zwei Knoten sah, nickte er ein kleinwenig in sich hinein, sonst keine Reaktion, aber er hatte begriffen, dass neben ihm der Empfänger des Cartbags war. Der Cartbag stand zwischen Ihnen und wartete quasi darauf, von seinem neuen Besitzer abtransportiert zu werden. Der Kontaktmann bestellte einen schwarzen Tee mit Zitrone, rührte gelangweilt mit dem Löffel in der Tasse herum und ließ seinen Blick in die Runde über die wenigen Gäste schweifen. Er nahm einen grossen Schluck, rief die Bedienung und bezahlte seinen Tee. Ein kurzer Augenkontakt mit Wowa, ein kurzer verstehender Blick des Einverständnisses. Nicht mehr.

Er erhob sich, verließ seinen Platz und dann bog er in der ersten Gasse, gleich nach einem grossen Schuhgeschäft, nach rechts ab und war bereits verschwunden.

Wowa sah sich um, niemandem war etwas aufgefallen. Wie auch? Sein Kontakt war mit einem Golfbag gekommen, aber ohne Golfbag gegangen. Der Mann, den sie Wowa nannten, blieb noch einen Moment sitzen und dann zahlte auch er, stand auf und ging wie selbstverständlich auf „seinen" Golfbag zu, warf sich den ledernen Trageriemen über die Schulter und ging gemächlich in Richtung Marktplatz. Falls man sich überhaupt an ihn oder an diese alltäglichen Vorkommnisse erinnern würde, wäre das Auffälligste lediglich ein Golfbag, eine Tragetasche, eine Basecap, ein T-Shirt mit der Trendmarke für Golfware mit dem Motiv „Let's Par Tee". Nicht sehr ergiebig für mögliche Ermittler. Niemand beachte ihn. Zehn Minuten später stand er wieder vor seiner Tür, schloss auf, ging wieder die engen Treppen in sein Zimmer und stellte den Golfbag sorgfältig in die Ecke neben der Tür des französischen Balkons. Aus dem Getränkefach des Cartbag holte er gezielt ein Handy, dass man für ihn dort hinterlassen hatte, schaute, ob Power auf dem Akku war, schaltete es an und legte es auf den Tisch. Jetzt musste er wieder warten. Seine Basecap und sein T-Shirt knüllte er zusammen, steckte alles in eine Plastiktüte der Migros, um es später in einem etwas entfernter liegenden Papierkorb zu entsorgen. Jetzt war er parat. Er machte es sich bequem.

Wowa / Die Ausführung

Rache ist mein Gewerbe

Schiller, Die Räuber

Die Promenade, die im Osten Basels von der Wettsteinbrücke begrenzt wird, bietet einen wunderschönen Blick auf die alten Viertel von Basel, auf die Türme, auf das Chorhaupt der Kathedrale, die Sankt Martins Kirche, die schönen Paläste und am Flussrufer die vielen alten Handwerkshäuser.

Auf der gegenüberliegenden Seite des Rheins, auf der Grossbasel Seite, reihten sich etwa vier- bis fünfstöckige, bunte, schmale Häuser in dunkel und hell, eng nebeneinander entlang des Rheinufers dahin.

In dem blauen, etwas zurückliegenden, schmalen Haus saß ein Mann vor den leicht nach innen geöffneten Flügeltüren eines französischen Balkons. Nahezu unbeweglich saß er da, den Kopf in beide Hände gestützt und beobachtete ruhig das gegenüberliegende Rheinufer. Seine Freunde nannten ihn nicht Vladimir oder Vladi sondern Wowa. Er zog Wowa vor, denn Wowa war der russische Kosename für Vladimir. Ein alter slawischer, zweigliedriger Name. Er gefiel ihm.

Wowa hatte ein rundes Gesicht mit etwas tiefliegenden Augen, hohen Wangenknochen, breite

215

und kräftige Schultern. Nur ein bisschen aber nicht zu auffällig slawisch, aber mit runden Augen. Wowa hatte vor sich auf dem Tisch eine schwarze, längliche Segeltuchtasche liegen, die er nun öffnete, die Einzelteile entnahm, und sorgsam vor sich aufbaute. Schnell hatte er die wenigen Metallteile zusammengesetzt, jeweils vorher noch liebevoll mit einem leicht öligen Lappen abgewischt. Vor ihm lag nun ein Dragunov-Gewehr, das er sorgsam in Richtung auf das ihm gegenüber liegende Rheinufers aufbaute. Als er fertig war, lehnte er sich entspannt zurück und betrachtete nahezu verliebt das nun vor ihm liegende Scharfschützengewehr. Er nannte es liebevoll auf Russisch „Snaiperskaja". Er liebte dieses Gewehr und er hatte es auch schon oft benutzt, war vertraut damit. Er kannte die Geschichte des Gewehrs und wusste, dass es auf der Basis des Verschlussmechanismus der Kalaschnikow und des Sturmgewehr HK47, entwickelt worden war. Es war ein halbautomatisches Gewehr in Kaliber 762 x 54 mm. 1963 in der Sowjetunion eingeführt, hatte seine Verlässlichkeit bewiesen und wurde seither in vielen Ländern benutzt.

Für seinen Auftrag, den er hier auszuführen hatte, war dies für ihn die optimale Waffe, war für diese Reichweite genau das, was er brauchte. Er wusste natürlich auch, dass die Präzision des Dragunovgewehrs allgemein als eher durchschnittlich eingestuft wurde, aber dafür war die Waffe überaus robust. Es war eine Waffe zur Fernzielbekämpfung mit präzisen Schüssen. Es war vergleichbar mit dem DMR, der Designated

Marksman Rifle der US-Army und auch mit dem G28 der Bundeswehr. Die Entfernung zum Ziel hatte er bereits am Tag vorher ganz in Ruhe und ohne Zeitdruck gemessen, indem er ein Marineglas benutzte und ganz traditionell mit einer Strichplatte mit senkrechten und waagerechten Strichen Entfernungsbestimmung durchführte. Der Satz der Soldaten, der einprägsame Merksatz, der ihm immer wieder eingehämmert worden war, war ihm nach seinen vielen Einsätzen immer noch ein Begriff: *„1000 Mal des Zieles Breite geteilt durch Strich ergibt die Weite".*

Die vorhandene Standardvisierung mit vierfacher Vergrößerung, würde für das heutige Erfassen seines Ziels völlig genügen. Er legte das Gewehr auf die Segeltuchtasche und visierte probehalber jenen Ort an dem er sein Ziel zu erwarten hatte. Ein Schuss musste genügen, schließlich war er mitten in der Stadt und auf dem Wasser pflanzt sich der Schall erwartungsgemäss sehr gut hörbar fort. Einmal musste somit genügen.
Dass der Knall einer Waffe nicht auf ein einfaches „Plopp" reduziert werden kann wusste er aus Erfahrung. So etwas kam nur in Filmen vor. Zudem liebte er es, Überschallmunition zu verwenden. Unterschallmunition hat den Nachteil einer geringeren Durchschlagskraft und Schadenswirkung. Auch das war ihm klar.
-„Ein Schuss, ein Treffer." Er lächelte wissend. Anderenfalls hätte er seinen Auftrag vermasselt.
Das gab es bei ihm nicht, hatte es nicht gegeben,

wird es nicht geben. Zudem würde es potentielle Kunden abhalten, ihn zu engagieren.

Er legte das mitgelieferte Trapezmagazin, das maximal zehn Patronen füllen würde, zur Seite. Eine Patrone musste genügen. Auch die Mündungsgeschwindigkeit von etwa 850 m/s genügte vöollig. Der Schuss würde hörbar sein aber die Quelle wäre unmöglich auszumachen.

Sein Blick richtete sich jetzt etwas weiter nach rechts und er sah die mittlere Brücke über dem Rhein, deren offizieller Name Mittlere Rheinbrücke ist und eine der ältesten Rheinüberquerungen von Basel darstellt. Sie gilt als Grenze zwischen Hoch- und Oberrhein und wurde bereits in der ersten Hälfte des 13. Jahrhunderts erbaut. Er wusste, dass diese Brücke eine Gesamtlänge von 192 Metern hatte. Also entspräche dies auch der Entfernung, die er zu seinem Zielobjekt hätte. -"Gut so!", Er lächelte in sich hinein, als er sich an diverse Erzählungen erinnerte, die er über diese Brücke gehört hatte. Die Brücke diente früher als Richtstätte. Hier wurden Todesurteile durch Ertränken vollstreckt. Kindsmörderinnen, Ehebrecherin, Diebe wurden damals einfach in den Fluss geworfen. Heute wäre er der Ausführende, Richter und Henker gleichzeitig. Für ihn war Mord einfach ein Prozess, dessen Ausführung nicht grausam sein musste.

„Passt irgendwie", dachte er. Früher verfuhr man so, dass jenen, die etwa 800 Meter entfernt, am sogenannten Thomas -Turm, das war etwa die

Stadtgrenze damals, noch lebend aus dem Rhein geborgen wurden, die Todesstrafe erlassen wurde. Mann verbannte sie stattdessen jeweils aus der Stadt.

„Das wird es bei mir nicht geben!", grinste er in sich hinein." Nein, ganz sicher nicht."

Nun sass er also weiterhin unbeweglich am Tisch hinter seiner Dragunov und wartete geduldig. Warten war für Ihn absolut kein Problem, er war es auch gewohnt ohne Unterstützung eines „Spotters" alleine zu arbeiten.

Nach seiner Ausbildung als „Doorgunner", hatte er zahlreiche Einsätze in unterschiedlichsten Ländern erlebt. Er war damals mit einem Helikoptergeschwader unterwegs. Zusammen mit den Piloten und Bordtechnikern gehörte der Bordsicherungssoldat, der sogenannte Doorgunner, zur ständigen Besatzung eines Helikopters. Periodisch mussten auch nach den Einsätzen Übungen absolviert werde, damit die Lizenz nicht verfällt. Dazu gehörte auch das Schiessen bei Tag und Nacht.

Nach einiger Zeit hatte er neue Herausforderungen gesucht und Interesse an den Aufgaben eines Scharfschützen gefunden.

Anfangs seiner „Karriere" als Scharfschütze hatte auch er bei diesem neuen Job, wie viele seiner Kameraden, mit in einem Zweierteam und einem Spotter gearbeitet. Normalerweise sind Scharschützen in eine Truppe, in eine Kompanie eingebunden. Er war damals zusammen mit seinem Spotter äusserst erfolgreich gewesen, aber er hatte die Arbeit zu zweit nie besonders gemocht. Zusammen mit einem Unterstützer, einem „Spotter", hatte er im Gegnerischen Gebiet Räume und Objekte überwacht. Das hatte unbedingt auch Vorteile, klar. Mit einem Spotter konnte man sich abwechseln, wenn die langen Beobachtungszeiten zum Problem wurden. Und er hatte dabei gelernt, hauptsächlich die Führer und das Bedienungspersonal auszuschalten. Bei derartigen Einsätzen war der Spotter in erster Linie für Informationen über Windstärke, Lufttemperatur und deren Einfluss auf die Ballistik zuständig, da - was heute sicher nicht der Fall war - die Reichweite bei Einsätzen teilweise über 2,5 km betragen konnte.

Die „ZP"

Der Jogger trabte aus Richtung Matthäus/Johanniter-Brücke auf dem unteren Rheinweg in Richtung Mittlere Rheinbrücke heran. Gemächlich könnte man sein Tempo bezeichnen und ein engagierter Jogger hätte beim Überholen sicherlich mitleidig gelacht. Als er die Florastrasse passiert hatte, konnte Wowa ihn mit dem Feldstecher bereits gut ausmachen. Der Jogger war pünktlich, wie erwartet! Es war noch früh am Morgen und nur wenige Personen waren zu dieser Uhrzeit und in dieser Umgebung bereits unterwegs. Das würde sich in wenigen Stunden deutlich ändern und dann um Mitternacht den Höhepunkt erreichen. Es war dann eine „Feiermeile". Aus diesem Grund war es für Wowa leicht, auch die zweite Person zu eruieren. Eine Bewachung war ihm ebenfalls in den Vorgesprächen angekündigt worden. Diese Begleitung war ebenfalls mit einem unauffälligen grauen Trainer bekleidet, der trotz der Schlampigkeit und des schäbigen Aussehens, den athletischen Körperbau des Trägers nicht verstecken konnte. Dies war eindeutig der Leibwächter der Zielperson. Die Zielperson lief einige Schritte voraus, kümmerte sich überhaupt nicht um die Umgebung. Das war schließlich die Aufgabe des Bodyguards, dafür wurde er bezahlt. Was sollte auch passieren?

Wowa`s Zielperson war gross, wirkte aber eher unsportlich.

-„Ein teurer Trainingsanzug macht noch keinen guten Sportler.", flüsterte Wowa und beobachtete weiter.

Sein Ziel in dem coolen Trainingsanzug wirkte irgendwie angeberisch, was durch seine protzige goldene Halskette zwischen seinen Brusthaaren noch verstärkt wurde.

- „So ein schöner Solariumtyp", brummelte Wowa leise und spöttisch vor sich hin.

-„Einer von der Sorte, die selbst beim Joggen noch schick und cool wirken wollten. Typen, die immer und überall teure Eleganz ausstrahlen und ihre Finanzstärke zeigen müssen."

Wowa zoomte auf das Gesicht vergrösserte das Bild. Ja, eindeutig. Er war es! Sonnengebräuntes Gesicht, dunkelblonde, nach hinten gebundene Haare, über der Nasenwurzel eine deutliche Willensfalte, Knollennase, geprägte Lippen und ein spitz zulaufendes Kinn.

Früh am Morgen war die SMS-Meldung über das Prepaidhandy aus der Golftasche eingetroffen. Es war eine einfache, kommentarlose, kurze, Zahlenreihe in Zweiergruppen gewesen: *22 14 44 43 14.*

Wowa hatte Bleistift und Papier genommen, schnell das Schachbrett des Polybius auf ein Papier gezeichnet und die Meldung entziffert. Eine Methode, die seine Auftraggeber gerne für kurze Meldungen verwenden. Die Zahlenreihe sieht auf den ersten Blick unverfänglich aus. Sollte sie nachträglich doch noch als möglicher Code

identifiziert werden, ist sie nicht allzu schwierig zu entziffern, aber die gewonnene Zeit von wenigen Stunden, würde ihm auf jeden Fall genügen, seine Flucht zu ermöglichen .
-„Rückzug, nicht Flucht!" korrigierte er sich im Stillen.

"Heute Morgen" lautete der dekodierte Text des Auftrags. Wowa räumte sein Zimmer auf und machte sich parat. Er ließ noch einige Utensilien absichtlich zurück, um eine falsche Fährte zu legen. Darunter waren einige T-Shirts und einige alte schwarzweisse Familienfotos. Er hatte sie im nahegelegenen Brockenhaus am Vortag erworben. Irgendeine Frau, ein unbekannter Mann, ein kleines Kind, das war`s, und genügte völlig. Man würde erst mal in falschen Richtungen suchen. Wenn der Fehler bemerkt würde, war er bereits nicht mehr auffindbar.
Zielobjekt und Begleitung hatten inzwischen an der Anlegestelle der Gryffe-Fähre eine kurze Verschnaufpause eingelegt und gelangweilt das am gegenüberliegenden Ufer sichtbare Feuerlöschboot Christopherus betrachtet. Dem Vorgängerboot des Christopherus hatten die Baseler den Namen St. Florian gegeben. Ein Märtyrer, den man ungefähr um 300 rum mit einem Mühlstein um den Hals in den Fluss Enz geworfen hatte. Eine barbarische Todesstrafe.
-„Heute wird es bedeutend schneller gehen.",
dachte Wowa, der jetzt durch die PSO-

Standardvisierung sein Zielobjekt wie einen auf dem Rücken liegenden Käfer betrachtete.

Mit einer vierfachen Vergrößerung war der Kopf zum Greifen nahe. Als ob er direkt vor ihm stehen würde.

Jetzt war das Zielobjekt genau vis-á-vis des Dreikönig Wegleins und Wowa wusste aus seinen vorausgegangenen Beobachtungen, dass sein Zielobjekt gleich bei der Kanalöffnung des Unteren Rheinwegs an der Rückseite des ehemaligen Klostergebäudes halten würde. An dem Eisengeländer des mit Steinbögen überwölbten alten Kanalteiches würde er anschliesssend erneut stehen bleiben und einige Male tief durchatmen, vielleicht auch einige übertriebene Lockerungbewegungen machen.

Wowa lud sorgfältig eine einzelne Patrone aus dem Trapezmagazin in den Lauf, visierte und atmete ruhig und gleichmässig aus. Sein Zielobjekt stand jetzt völlig gelassen und unbeweglich, als ob er es ihm besonders leicht machen wollte.

Kaum hatte er sich mit dem Hintern auf die Eisenstange des Geländers gesetzt, schlug das Projektil mit etwa 800 m pro Sekunde in seine Stirn.

Er wurde von der Kraft nach hinten geschleudert, ein scharlachroter Kreis bildete sich auf seiner Stirn und er verschwand in der Dunkelheit des Kanalgewölbes. Vielleicht fragte er sich verwundert „Was ist los? Was war das denn?" Aber wer weiss es.

Erst jetzt, mit zeitlicher Verzögerung, wurde der Knall bemerkt. Der Knall war zwar gut hörbar, wurde aber mehrfach reflektiert und über die

Wasserfläche des Rheins verteilt. Die Quelle war nicht genau zu lokalisieren.

Ein älterer Mann hatte den Knall gehört, drehte sich mit einigen improvisierten Tanzschritten im Kreis und summte lächelnd den Anfang eines Gedichtes:

"Was klepft? E Schuss!
Was mag das syy? "

Einige weitere Passanten, einige Jogger schauten sich kurz um, suchten nach der Quelle, suchten nach einer Erklärung, schauten sich fragend an und dann war es auch schon bereits wieder vergessen. Alles wieder wie immer.
Lediglich der Leibwächter hatte begriffen. Durch seinen Beruf waren seine Sinne trainiert und geschärft. Er warf sich reflexartig zu Boden, suchte Deckung, obgleich er wusste, dass er keine Chance hatte. Ein Reflex. Der unsichtbare Schütze war zu gut, als dass er hätte flüchten können. Andererseits hätte der Schütze ihn aber auch erledigt, wenn er gewollt hätte, oder wenn es zu seinem Auftrag gehört hätte.
Der Leibwächter erhob sich mit dem Wissen, dass sein Gesicht in der Zieloptik in Grossformat sichtbar war – nichts geschah! Das brachte Erleichterung.
Er nickte ergeben in Richtung des Grossbasler Ufers. Er sah hunderte von Fenstern, hinter denen der Schütze sich aufhalten könnte und sagte:
„ Scheiße"„ und wiederholte sich: „ Scheiße "
Aber er hatte schnell begriffen, dass er gar nicht gemeint war. Es war eine Hinrichtung, ein Auftrag, der ihn nicht betroffen hatte. Die Zielperson hatte

man erledigt. Er war unwichtig! Jetzt war nur noch er selber wichtig!
Er erhob sich langsam, beobachtete jedoch weiterhin das gegenüber liegende Grossbasler Ufer. Reflex? Angst kroch weiterhin seinem Rückgrat entlang.? Er konnte ja doch nichts machen. Nach wenigen Überlegungen gab es nur eins : "Flucht". Jetzt, und zwar sehr bald, würden seine Arbeitgeber aktiv werden. Er hatte überlebt aber in ihren Augen sträflich versagt. Das zu schützende Objekt war wenige Meter neben ihm, direkt vor seinen Augen, eliminiert worden. Man würde ihn jagen und bestrafen, ein Exempel statuieren. Flucht, Flucht! An nichts anderes konnte er denken.
Er zwang sich zu einer langsameren, unauffälligeren Gangart, obgleich er vor innerlicher Ungeduld nahezu platzte und lieber los gerannt wäre.
Oben auf dem Kleinbasler Brückenkopf angekommen, schaute er auf den links von ihm sitzenden Rücken der Helvetia. Die nachdenklich über den Rhein schauende Statue, passte irgendwie zu seiner momentanen Situation.
-„Passt zu dem was vor mir liegt!" dachte er bitter, „Eine lange Reise. Wenn auch aus völlig anderen Beweggründen und ohne Rückreise."

Die Skulptur „Helvetia auf Reisen". Helvetia mischte sich laut Inschrift eines Tages unter Das Volk und unternahm eine lange Reise. In Basel legt sie Schild, Speer und Tasche nieder und ruht sich aus.

-„Ich hoffe, ich kann mich auch bald beruhigt ausruhen", dachte er hektisch und ging schneller. Er bog in den Eingang zu einem grossen Kaufhaus ein und durchquerte es schnell. Durch den zweiten Eingang verliess er das Kaufhaus umgehend wieder.

Das Risiko, auf Überwachungsanlagen wieder erkannt zu werden, war wegen der Löschungsvorgaben gering.

Kurz darauf war er in seiner kleinen Wohnung. Er packte wenige Utensilien in eine kleine Reisetasche. Seine Glock 26, die Baby Glock mit verkürztem Lauf, hatte er nicht in seiner Wohnung. Ein gutgläubiger Freund, ein „Kuckuck", hatte, ohne es zu wissen, die Lagerung übernommen. Dort würde sie erst nach langer Zeit möglicherweise per Zufall aufgefunden werden. Zwei bereits vorbereitete Päckchen, mit grösseren Mengen Bargeld steckte er ebenfalls in seine Reisetasche.

Er würde sie auf der Bahnhofspost adressieren und postlagernd nach Frankfurt abschicken.

Jetzt musste er erst einmal aus Basel verschwinden.

Er fuhr mit der Tram einen kleinen Umweg zum Badischen Bahnhof, von dort per Taxi zum Flugplatz und suchte den nächstbesten Flug nach Frankfurt. Nach einer Stunde Flugzeit würde er bereits dort sein. Dort hatte er die nötigen Kontakte und konnte seine weiteren Fluchtwege in andere Zeitzonen ruhiger planen und seine Spuren verwischen. Er würde die Schweiz leider lange nicht mehr besuchen können.

Nachtrag

Jeder Weg trifft einmal
einen anderen Weg.
Aus Madagaskar

Wer aber eilet, reich zu werden,
wird nicht unschuldig bleiben.
Salomon 28,20

Eine Woche später fand sich ein Bericht in der Tageszeitung:

Nachdem zwei spielende Jungen in der Bodenöffnung des unteren Rheinwegs in der Nähe des ehemaligen Klostergebäudes in dem alten Kanalteich eine unbewegliche Gestalt gefunden hatten und umgehend die Polizei informiert worden war, kam eine fast unglaubliche Geschichte ans Licht.
Ein junger Mann, Erkan W (Name erfunden) geriet in seinem Leben ins Straucheln. Der 24-jährige Schweizer mit türkischen Wurzeln geriet in den Sog einer Abwärtsspirale.
Gestern wurde der Fall behandelt. Danach hatte der junge Bauarbeiter versucht, sich weiterzubilden, er belegte Sprachkurse und wollte das Abitur nachholen. Irgendwann ging dann etwas schief. Durch falsche Kollegen oder familiäre Einflüsse, war nicht mehr zu klären. Auf jeden Fall taten Alkohol

und Cannabis und später Kokain sein Übriges und er brach den Weg zur Matura ab und wurde zum kriminellen Schläger.

Nun stand Erkan W. vor dem Basler Strafgericht und die Liste der ihm vorgeworfenen Taten war lang. Freiheitsberaubung, Körperverletzung und Vergehen gegen das Strafgesetz um nur Einige zu nennen. Auslöser könnten auch die 6000 Schweizer Franken Schulden aus dem Cannabis-Handel sein. Das war nicht genau zu eruieren. Auf jeden Fall wurde ihm vorgeworfen, zusammen mit zwei Komplizen an der Entführung einer jungen Frau aus Basel beteiligt gewesen zu sein. Sowie einer jungen Studentin, ebenfalls aus Basel. Die junge Frau wurde gegen ihren Willen verschleppt und die Studentin, die sich auf die Suche nach der lange Zeit Vermissten begeben hatte wurde irgendwann verprügelt, misshandelt und sogar angeschossen.

Erkan W weist bereits vor dieser Tat eine lange Vorgeschichte mit Gewalt auf, für die er bisher jedoch nicht belangt werden konnte, da Opfer und Zeugen sich vor Gericht nicht mehr erinnern konnten. Sie seien überrascht worden und könnten sich nicht erklären was geschehen sei. Auch konnte der Angeklagte keine Angaben zu einer Kiste mit Waffen und Munition machen, die bei ihm bei einer Hausdurchsuchung sichergestellt wurden. Erklärungen zu einem Schalldämpfer und einem Schlagstock

229

konnte er ebenfalls nicht abgeben. Ihm droht
jetzt eine lange Haftstrafe.
Der Beschuldigte hat sich bei den Opfern für
seine Taten entschuldigt. Er erklärte, er liess
durch seinen Verteidiger erklären, würde ein
neues Leben anfangen.

Der mit " Erkan W" .bezeichnete Angeklagte konnte
jedoch mangels Beweisen für viele seiner Vergehen
nicht belangt werden.
Viele der ihm vorgeworfenen Straftaten waren der
Polizei durch eine Privatperson zur Kenntnis
gebracht worden. Die Polizei war somit tätig
geworden und ein Strafverfahren wurde eröffnet.
Die Person, die die die Polizei auf die Spur gebracht
hatte, wurde nicht namentlich genannt. Das Gesetz
bestimmt, dass gewisse besonders gravierende
Taten, verfolgt werden müssen. Bei diesen
Offizialdelikten genügt es, dass die Taten mitgeteilt
werden, und eine Strafuntersuchung ausgelöst wird.
Das Opfer selber erzählt, was passiert ist und der
Staat muss dem Täter die Schuld nachweisen.
Die Beweislage war im Fall Erkan W. schwierig, da
die Opfer gleichzeitig auch die einzigen Zeugen
waren. Viele von ihnen waren nach Prozessbeginn
nicht auffindbar undn andere zogen ihre Anzeigen
zurück.

Immerhin schaffte der Prozess eine Basis für die
weitere Strafverfolgung. Die Urteile liessen zwar
aufhorchen aber für Eingeweihte und Kenner der
Szene war eine wirkliche Überraschung nicht zu

erreichen gewesen. Schliesslich, so argumentierte die Verteidigung, hatten sie lediglich eine „Plattform" für die Liebesdienste geboten, wie die Prostituierten ihre Dienste anbieten könnten.

Die Köpfe der Bordellszene, ihre Anwälte und Steuerberater wussten, was auf die Angeklagten zukommen würde. Teilweise hatte man sich verständigt, hatte das Strafmass ausgehandelt.

Die festgesetzten Damen hatten anfangs auf dem Revier den ermittelnden Beamten von Druck und Quälereien durch ihre Zuhälter berichtigt.

-„Holt mich hier raus!", hatte eine 19 jährige einen Polizisten angefleht.

-„Wie müssen reagieren und funktionieren wie Roboter.", flüsterte eine andere.

Die anschaffenden Frauen berichteten, dass die zahlungskräftigen Kunden aus der Geschäftswelt jeweils einen „Eintritt" bezahlen.

- „Und dann müssen wir alles mit uns machen lassen", schluchzten sie.

•

Aus den bis zum eigentlichen Beginn des Prozesses getätigten Aussagen war am Ende wenig gerichtlich Brauchbares geblieben. Der Prozess zog sich lange hin und der Vorwurf der Prostitution, der ebenfalls ein Offizialdelikt ist, war schwierig zu beweisen. Zeugen, die hätten aussagen können, dass das Opfer in Abhängigkeit zum Angeklagten stand oder ihre Tätigkeit durch körperliche Gewalt erzwungen war oder bei der Tätigkeit überwacht wurde, zogen ihre Aussagen noch vor Prozessbeginn zurück. Die Aussagen wurden revidiert, verbessert, geschönt.

Der Vorwurf der Anwendung körperlicher Gewalt zur Erzwingung sexueller Handlungen konnte ebenfalls nicht endgültig bewiesen werden.

Auch die Frage der Anwendung von K.O. Tropfen oder anderer Drogen zur Brechung des Widerstands des Opfers, zur Erreichung des Geschlechtsverkehrs war sehr schwer zu untermauern.

Für Guido war dieser Mustang Fahrer, den die Presse mit „Erkan" bezeichnete, seit Anbeginn zutiefst in die Angelegenheit verstrickt. Er wusste, dass es Yasin war, den er damals bei seiner Wanderung getroffen hatte, jener Typ, den sein Tattoo am Unterarm verraten hatte. Er wusste auch, dass er innerhalb der Organisation der Lieferant für Frauennachschub gewesen war. Er war der sogenannte „Eintänzer" der „Loverboy", der über lange Zeit diese Aufgabe übernommen hatte.

Doch dann war Yasin gierig geworden und hatte versucht, sein eigenes Ding zu drehen, um an das schnelle grosse Geld zu kommen. Er wollte Geld, mehr Geld, einen grösseren Wagen. Seine Wünsche waren sehr zahlreich.

Parallel zu seinen eigentlichen Aufgaben als „Fleischlieferant" wollte er eine Erpressung durchführen, war seine Idee gewesen. Sein Start dieses „Geschäftsmodells" war der Versuch, der

Mutter von Beatrice eine grosse Summe abzupressen. Diese Idee hatte tragisch geendet. Die Organisation wusste nichts von diesem „Ausschwenken". Noch nicht! Guido war mit seinem Wissen ein zahnloser Tiger, der nicht handeln durfte.

Yasin war jedoch mit seiner Erpressung an die Falsche geraten und hatte mit deren Reaktion viele Mittäter innerhalb seiner Gruppe bis hin zu deren Kopf mit ins Verderben gerissen.
Yasin wusste, dass seine Organisation ihn schützen würde, solange er den Mund hält. Und sie würde sich selber dadurch schützen, dass die Zeugen bedroht und eingeschüchtert würden. Das alles würde ihm helfen, optimistisch zu sein.
Würde er sich diesbezüglich täuschen, hätte er Trauer und Zorn im Nacken. Düstere Tage der Angst würden kommen und niemand könnte ihm helfen, Schweiss und Blut abzuwenden. Und die Zeit im Gefängnis würde sehr, sehr langsam vergehen.
Und richtig, so schien es zu kommen.

●

Zwischenzeitlich konnte man ihm auch die Zeit, die er im Gefängnis verbracht hatte, ansehen.
-„In manchen Anstalten kann man sich eine Glotze anschaffen.", hatte er zu anfangs noch gemault und geglaubt man würde ihm umgehend einen TV in die Zelle stellen. Ein TV, der würde die Zeit kürzer werden lassen.

-„Hier nicht!", war die kurze und lapidare Antwort gewesen.

Diese Regel erschwerte das Leben in der Zelle. Ob damit eine Absicht verfolgt wurde oder nicht, es war einfach so! Basta!

Es ist schon hart. Also konnte er nur die Wände und die wenigen Möbel anglotzen, und zwischendurch den Himmel durch die Gitterstäbe beobachten. Aber die verschiedenen und sich dauernd ändernde Formen der Wolken boten bereits nach wenigen Tagen nicht mehr viel Abwechslung und nachts konnte er den Himmel sowieso nur vermuten.

Jeden Tag wartete er auf die Postausgabe. Nichts kam. Früher war das nicht so, aber jetzt empfand er es geradezu als Überlebenswichtig. Jeden Tag klammerte er sich von neuem an den Wunsch, dass sich irgendjemand um ihn kümmern würde. Nach der ergebnislosen Postausgabe fühlte er sich dann wieder verloren und vergessen.

Doch niemand wollte offensichtlich mit ihm in Verbindung gebracht werden. Alle blieben weg!

-„Wenn ich raus bin, werde ich euch ficken, ihr verdammtes Pack!", schrie er dann die Wände seiner Zelle an. Es nutzte nichts!

Täglich, wenn das Türschloss mit lautem Schnappen geöffnet wurde, erschien ein riesiger Justizangestellter und rief: "Hey Yasin, Essen. Komm her!"

Ein paar beschissene Würste und etwas Brot, und dann war er wieder alleine.

-„Nach aussen musst du der Aggro sein!", hatten ihm seine Freunde mit Knasterfahrung als Ratschlag mitgegeben. Das war, bevor er eingefahren war. Er hatte den Rat beherzigt und dem Ersten, der ihm irgendwie schräg gekommen war, gehörig die Fresse poliert. Diese Art von Kommunikation kannte er.

Das hatte Respekt erzeugt. Leider aber auch die Angst vor Racheakten geschaffen. Hat eben alles seine zwei Seiten, musste er lernen. Wie sollte er sich wehren? Um ihn herum waren dicke Mauern! Zu einem Beamten gehen?

Zu einem der Psychologen? Diese Erfahrung hatte er bereits hinter sich.

-" Yasin, es gibt für alles eine Lösung!", hatte der Psychologe zuversichtlich gemeint. Dann war er wortlos gegangen und Yasin war wieder alleine. Auch sein erneutes „Wenn ich raus bin, ficke ich dich, du Schwuchtel!", nutzte hier nichts. Ja, in seinem Revier und mit seinen Freunden schon, aber hier wirkte es nicht. Und es war keine Lösung in Sicht.

Also hatte Yasin sich durch Prügeleien befreit und versucht Respekt zu verschaffen. Aber da waren auch andere harten Jungen. Und in seiner Zelle und in Duschraum gab es keine Videoüberwachung. Also wollte er nicht mehr in den Duschraum.

Der Vollzugsbeamte leierte den passenden Paragrafen zur Körperpflege runter: „Die eingewiesene Person ist zur regelmässigen Körperpflege verpflichtet."

-„Basta!", schloss der Vollzugsbeamte und damit alles war klar.

Die Disziplinarmassnahmen der Gefängnisleitung folgten jeweils umgehend. Für die anfangs verhängten scgriftlichen Verweise und

Besuchersperren hatte Yasin nur ein Lächeln übrig. Aber Zelleneinschluss über 10 Tage und in einer weiteren Steigerung der Wochenarrest in einer speziellen Zelle machten ihn schliesslich mürbe.

Und nun schwieg Yasin somit ebenfalls. So wie alle anderen. Sein Verteidiger hatte ihm klar gemacht, dass im Falle einer Verurteilung auch die Verjährungsfrist von der Strafe abhängt. Für ihn war es klar, dass er schweigen musste und dass keinesfalls sein versuchter „Nebenerwerb" ans Licht kommen durfte.

-„ Sie bereuen doch Ihre Taten?", hatte sein Verteidiger ganz zu Anfangs gefragt und ihn vielsagend und ihn dabei eindringlich vor sich hin nickend angeschaut.

-„Ja, sehr!", heuchelte Yasin mit gesenktem Kopf. Sein Verteidiger, war erfreut dass er so schnell begriffen hatte und machte sich eifrig entsprechende Notizen in seinen Unterlagen.

-„Das wird helfen!", nickte er. Schliesslich hatte Yasin aus freien Stücken Reue gezeigt. Ganz aus freien Stücken. Das würde Punkte bringen. Er sah seinem Mandanten an, dass er innerlich vor unterdrückter Wut kochte, aber gesagt hatte er „Ich bereue!". Er hatte es ausgesprochen.

-„Das wird Erleichterung bringen.", kündigte er seinem Mandanten an.

Nun, gegen Ende des Prozesses, deutete sich an, dass Yasin möglicherweise mit minimalen Strafen davonkommen würde.

•

Heute ein neues Gespräch mit seinem Anwalt, dem
von der Organisation grosszügig gestellten
Verteidiger.
Oh, wie er diese Gespräche und diesen Typ hasste,
dieses Muttersöhnchen mit der makellosen Frisur
und den weichen Patschhändchen. Die Gespräche
häuften sich jedoch. Das wiederum, war ein gutes
Zeichen. Also ergriff er jeweils erfreut diese
weissen, wabbeligen Hände seines Anwalts.

Wie bereits in der vergangenen Woche, wartete er,
umgeben von einer Wolke seines süsslichen
Aftershaves, im sterilen Besucherraum des
Gefängnisses auf ihn.
Der Besucherraum war ein langgezogener Raum
mit weissen Wänden einem Anstrich in
verschiedenen Grautönen, an denen sogar Bilder
aufgehängt waren. Entlang der Wände auf jeder
Seite weisse Plastiktische mit jeweils drei dunklen
Stühlen. Alles sauber, wie in einem Operationssaal.
Der ganze Raum duftete nach Reinigungsmitteln
und dieser Duft strahlte erwartungsgemäss tiefste
Hoffnungslosigkeit für die Insassen aus.

•

In den ersten Tagen der Haftzeit waren die Besuche
seines Rechtsanwaltes noch eine willkommene

Abwechslung gewesen. In dieser ersten
Unterbringung des Gefängnisses erlebt man ganze
23 Stunden am Tag nur in der Zelle. Abwechslung
bereitet lediglich die Unterbrechung mit einer
Sportstunde oder einem Spaziergang.
Echte Menschen sah Yasin nur, wenn ihm das
Essen an der geöffneten Tür abgegeben wurde,
oder zur obligatorischen Körperpflege.

Jetzt wurde er also wieder einmal von seinem
Verteidiger, Herrn Dr. Campa, erwartet. Dr. Campa
sass ganz hinten im Besucherraum und als Yasin
seine glänzenden Schuhe sah, seinen teuren
dunklen Massanzug, seine altmodische
Quergestreifte Krawatte, stieg ihm sofort wieder die
Galle hoch. Herr Dr. Campa winkte ihn zu sich und
Yasin murmelte leise „Geveze" und gab nahm die
ihm entgegengestreckte Hand widerwillig entgegen.
-„Was meinten Sie?", fragte Dr. Campa.
-„Freut mich.", log Yasin freundlich lächelnd, denn
er konnte ihm ja schlecht erklären, das er ihn auf
Türkisch als „geschwätzigen Laberheini" begrüsst
hatte, und schob noch ein kurzes „hallo hinterher".
Der Händedruck von Dr. Campa war geprägt von
seiner Bussi-Gesellschaft und somit lasch, als ob
man ein kaltes Hühnerbein drücken würde.
Er blieb sitzen und zog es deutlich vor, auf Distanz
zu bleiben. Yasin war es recht, denn bei seinem
eigenen Begrüssungsritual gilt „Erst Hand, dann
Faust in die flache Hand." Oder sollte er Herrn Dr.

Campa jetzt auch noch die Sura 4:86[17] erklären oder gar ehrfürchtig die Hand aufs Herz legen? Seine Überlegungen wurden von Dr. Campa unterbrochen.

-„Setzen Sie sich doch!" Er deutete mit seiner rechten Hand auf den am Boden festgeschraubten Stuhl.

Yasin, der bereits beginnende, typische Häftlingsblässe aufwies, schaute zu der an der Decke montierten Camera. Er sah kein Licht blinken, aber was bedeutete das schon. „Trau niemandem", hatte er, speziell in den letzten Wochen seines Aufenthalts gelernt.

Er lächelte seinen Anwalt an und bedankte sich. Dabei musste er sich derart zusammen reissen, dass ihm die Magensäure hochstieg. Dieser Mann, dieser „Korkak[18]" war ihm von der Organisation zugeteilt, er wurde bezahlt und war hier, um ihm zu helfen.

Für Dr. Campa war Yasin nur insofern interessant, als er eine weitere Sprosse seiner beruflichen Leiter nach oben bedeutete. Dr. Campa hatte bereits kurz nach Studienabschluss die Entscheidung zwischen Moral und Geld treffen müssen. Geld war ihm ohne lange Überlegungen wichtiger gewesen und seither verteidigte er Angeklagte im Auftrag eines Strohmannes. Er hinterfragte nicht, für wen er schlussendlich tätig war. „Jeder hat in unserem

---

[17] Und wenn ihr mit einem Glückwunsch begrüsst werdet, So grüsst mit einem schöneren, oder gebt ihn zurück.

[18] Hosenscheisser

Rechtsstaat das Recht auf einen Verteidiger.",
beruhigte er sein Gewissen, während sein
Kontostand kontinuierlich wuchs.
-„Irgendwelche Reklamationen zu Ihrem Aufenthalt
hier?", fragte er und legte die Fingerspitzen seiner
feingliedrigen Hände zusammen, dass sie ein Dach
bildeten. Mit dem Zeigefinger dieses Daches tippte
er dabei leicht gegen seine gespitzten Lippen.
-„Oh, du blöde Schwuchtel.", dachte Yasin und
erwiderte lachend: "Nein, aber nein!"
-"Ihre Sache läuft gut!"
-„Aha."
Dr. Campa öffnete nun seine auf dem Tisch
liegende Mappe. Diese lederne Mappe, die die
Wichtigkeit seiner Person unterstreichen sollte. Er
entnahm einige zusammengeheftete Papiere.
-„So wie es aussieht, wird Ihre Haftsituation bald
geändert und sie werden sich tagsüber in einem
Gruppenraum aufhalten können und auch die
Malzeiten in einem Aufenthaltsraum gemeinsam
einnehmen."
Yasin sagte nichts. Was sollte er auch sagen. Er
sah da keinen Unterschied. Er war jetzt im
Gefängnis und war weiterhin im Gefängnis. Punkt!
-„Wie dem auch sei", meinte Dr. Campa unbeirrt,
„nach der ersten Haftzeit, jener der
Untersuchungshaft, wird es für Sie deutlich besser."
Er sagte dies mit einer derartigen Überzeugung als
ob er traurig war nicht selbst eine Zeit im Gefängnis
verbringen zu dürfen.
-„ Schön.", sagte Yasin brav und wiederholt dankbar
lächelnd. Er dachte: "Was ist denn das für eine
Verbesserung du Idiot! Ich will hier raus! Tu was!""

Dr. Campa spitzte wieder seine Lippen, und Yasin hätte ihm gerne so richtig die Fresse poliert. Dann würden sie schon wieder breit werden. Aber er zeigte sich erfreut und flüsterte ein überwältigendes „Schön".

-„Man wird ihnen den Tag strukturieren, und Sie können sogar einer Tätigkeit nachgehen." Alles klang milde und verständnisvoll, dass Yasin Angst hatte später auf der Schleimspur auszurutschen.

-„Ich soll also arbeiten?", fragte Yasin spöttisch.

Dr. Campa lächelte süffisant nachsichtig: „Sie dürfen, sie dürfen!". Er betonte das „dürfen" und es klang durch seine gespitzten Lippen eher wie „düüfen".

Er fuhr schulmeisterhaft, den Zeigefinger hebend, fort:" Sie werden umfassend betreut, erhalten eine faire Behandlung und haben die Möglichkeit für eine umfassende Freizeitgestaltung. Sogar TV Anschluss, offene unbeschränkte Zirkulation innerhalb der Station." Er wartete, dass Yasin applaudieren würde.

-„Ich werde also auf einem noblen Kreuzfahrtschiff meine restliche Zeit verbringen?", fragte Yasin mit Bittermine. Wie gerne hätte er ihm den ausgestreckten Zeigerfinger gebrochen.

-„Gut, dass Sie ihren Humor behalten haben." Dr. Campa hielt es für einen Witz. Dann, als er bemerkte, dass dies nicht so war, gab er sich erstaunt und fuhr fort zu dozieren:" Das sind doch gute Nachrichten. Ich lasse Ihnen vorerst einmal diese Unterlage mit Infos zu diesem neuen Ort hier. Er reichte Ihm einen A4-Ordner „Hausordnung Strafvollzug".

-„Lesen Sie es durch und sie werden erfreut sein. Die Unterlage ist ganz aktuell. Schauen sie sich speziell die Bemerkungen zum Insassenbereich und die vielen Freizeitmöglichkeiten an."

-"Sie meinen es ist fast wie in einem Freizeitclub? So eine Art Robinsonclub? Nur dass es gratis ist?"

Dr. Campa lächelt wieder leicht und spitzte sein Mündchen. Yasin nahm die Unterlage mit einem artigen „Danke" entgegen.

Für Dr. Campa hatte es den Anschein, Yasin würde sich extrem freuen.

Yasin suchte in Gedanken bereits nach einer Möglichkeit die Unterlage so schnell, wie möglich zu entsorgen. Sein Favorit war die Vorstellung, wie er die Broschüre Dr. Campa in sein Zuckermaul stopfen würde und er sagte, „Sehr nett, vielen Dank für Ihr Engagement." Ja, Yasin hatte in letzter Zeit viel dazu gelernt.

-„In zwei Tagen komme ich wieder zu Ihnen.", sagte Dr. Campa und stand auf, drehte sich um und ging zum Ausgang.

-„Sieht aus als ob du auf der Flucht bist, du Pic[19]" flüsterte Yasin und machte sich in Begleitung eines riesigen Angestellten auf den Weg in Richtung zu seiner Zelle. Super, es würde glimpflich für ihn ablaufen. Glück gehabt!

•

Dr. Campa hatte ihn von Anfang an alleine juristisch vertreten und beraten. Einige Tage nach dem

---

[19] Pic = Hurenohn

letzten Gespräch später war Dr. Campa dann in Begleitung eines älteren Herrn mit einer gehäkelten Mütze und einer Gebetskette, nochmals erschienen. Einfach, ordentlich und sauber gekleidet, kein Schmuck keine Seide. Klingt normal, aber für Yasin läutete das war er sah, Alarm!

Der Koran kennt nur wenige konkrete Bekleidungsvorschriften aber genau an dieser „Vorgabe" und an der kleinen Masabih, der Gebetskette in Kleinformat mit lediglich 33 statt 99 Perlen aus Bernstein, erkannte Yasin, mit wem er es hier zu tun hatte.

Er schlug die Augen nieder und grüsste mit dem kürzeren Friedensgruss. Er grüsste, wie es sich unter Muslimen gehört: Der Jüngere grüsst den Älteren. Der Mann erwiderte sanft und freundlich "Frieden auch mit euch". Dann wartete Yasin vorsichtig aber doch interessiert ab, was da auf ihn zukommen würde.

Der Begleiter von Dr. Campa nahm sich die Zeit, auch die andere Seite der anstehenden Angelegenheit zu betrachten und mit Yasin zu besprechen. Jene Seite, an die er als „Al Tauba" erinnerte und als „wichtig nicht nur im Islam" bezeichnete und dabei mit dem rechten Auge blinzelte. Er sprach ruhig, gesetzt und bestens formuliert über diese Angelegenheit, in der, wie er wiederholt blinzelnd betonte, auch der Koran „mitzureden" hätte.

-„ Jeder Mensch macht Fehler.", meinte er verständnisvoll, und legte seine Hand dorthin, wo sein Herz war. Gerade dieses sanfte und trotzdem selbstbewusste Verhalten war es, was Yasin innerlich vibrieren liess und nervös machte. Yasin schlug irgendwie automatisch seine Augen nieder. Kindheitserinnerungen aus längst vergessenen Tagen schienen sich für einen kleinen Moment bemerkbar zu machen und ihn zu leiten.

-„Aber es ist überliefert, dass der Beste unter den Sündern jener ist, der davon abkehrt."

Wieder wartete Yasin ab.

-„Unsere Fehler werden uns einholen, aber Allah gibt uns Hoffnung.

Yasin wartete ab.

-„ Wir müssen unsere Fehler bereuen!"

Das war`s! Das Stichwort lautete „bereuen". Das war der wichtige Satz in dieser ganzen Angelegenheit! Yasin horchte auf, als dieser sehr einsichtige Satz in sämtliche Gehirnwindungen eindrang.

-„Wer aufrichtig bereut, für den ist es, als ob er die Taten nie begangen hätte. Sein Herz wird gereinigt."

Yasin hatte das Blinzeln richtig verstanden und schaute Dr. Campa fragend an. Dr. Campa registrierte das plötzliche Verstehen und nickte ihm zu: „Ich werde ihnen bei der Formulierung ihrer Reue und ihrer Entschuldigung für ihre Taten helfen."

•

Die gezeigte Reue hatte einiges gebracht aber er hatte ein weiteres Mal trotzdem zu kurzfristig und auch falsch gedacht! Er hatte sich mit Gegnern

angelegt, die mit einem „milden" Urteil über ihn und seine Taten nicht zufrieden sein würden. Und diese Gegner sassen nicht auf der Richterbank! Diese Gegner sassen ausserhalb des Gerichtes. Die waren ebenfalls mächtig und sie waren persönlich betroffen.
Und genau das traf ein! Und es sollte viel schlimmer kommen als ein hartes Urteil des Gerichtes, das möglicherweise abgewendet worden war.

●

Yasin hatte seinem Verteidige nicht mitgeteilt, dass er vor wenigen Tagen eine kurze Mitteilung erhalten hatte. Auf dem Kopfkissen in seiner Zelle lag ein Foto mit einem angehefteten, kleinen Zettel. Handschriftlich war dort vermerkt:

> *" Das Gefängnis wird schon schlimm für dich sein. Du wirst es überstehen. Aber wenn du entlassen wirst wartet die Hölle auf dich."*

-„Die kurze Gefängniszeit sitze ich doch auf der linken Arschbacke ab.", hatte Yasin ausgerufenund wollte mit abfälligen Grinsen den Zettel wegwerfen.
Aber dann schaute er auf das Foto!
Mit Erschrecken hatte er eine hübsche, junge schwarzhaarige Frau gesehen, die mit einem etwa sechsjährigen Mädchen vor einem Privatgarten spielte. Beide lachten sich an und schienen irgendwie sehr glücklich.

Yasin schaute auf das Tatto auf seinem Unterarm und dann in die Luft. Iin ohnmächtiger Wut, mit Seelenschmerz und Verzweiflung den Namen der jungen Frau gegen die Decke seiner kleinen Zelle. Es kam noch härter, noch konkreter! Noch niederschmetternder!

Automatisch drehte er das Foto um. Auf der Rückseite war nicht mehr zu lesen, als eine schlichte Zahl: 5.45.

Was sollte er auch eine einfache Zahl fürchten? 5.45, na und?

Mehr stand da nicht geschrieben, nicht viel, aber Yasin kannte die Bedeutung von Vers 45 der 5. Koransure, jene mit dem Vergeltungsrecht:*" Auge um Auge, Zahn um Zahn."*

Yasin konnte nicht einmal mehr schreien, seine Kehle war zugeschnürt, Tränen trübten seinen Blick, er spürte die aufkommende eisige Kälte seiner Ohnmacht und wurde ruhig, sehr ruhig. Eine dichte, schwarze Wolke schien sich über ihn zu legen.

Einfach aufhören ist eine Illusion

Bea konnte nicht nach Hause entlassen werden.
Sie war nicht vernehmungsfähig, hatte die
polizeiliche Untersuchung ergeben. Selbst wenn sie
jetzt in ihrem Zustand aussagen würde, wären diese
Angaben nicht gerichtlich verwertbar.
Somit wurde sie in die Obhut ihrer Familie entlassen
mit der Weisung, sie einer Suchttherapie zu
unterziehen.
Bedingung war, dass dies in einer zertifizierten
Klinik erfolgen sollte. Es wurden regelmäßige
unabhängige Überprüfungen besprochen. Alle
Beteiligten waren sich darüber im Klaren, wer aus
Drogensucht ausbrechen will braucht
Unterstützung. Diese Unterstützung sollte sie
bekommen. Und diese Unterstützung würde sie
bekommen!
Da die körperliche Entwöhnung nur der erste Schritt
einer langen Reise ist, stellten sich Beas Eltern auf
eine lange, lange Reise ein. Es ging nicht nur in
erster Linie um Abstinenz, sondern sie würden
alles, aber auch wirklich alles daran setzen, die
Tochter zurück zu erhalten, so wie sie gewesen
war.

Da sie glücklicherweise in der Lage war, ihre
Tochter total abzuschirmen, kam sie in eine Reha
der führenden Suchtkliniken für Drogenentzug für
Superreiche in der Nähe von Küssnacht unter. Eine
sehr kostenintensive Maßnahme. Eine Klinik, die oft
mit der kalifornischen Malibu Klinik verglichen
wurde. Eine Klinik, in der bereits früher bekannte
Stars ihre Drogensucht bekämpft hatten.

Alles gut…. Alles gut?

Guido und drei Frauen, Bea, deren Mutter und
ihrer Freundin Liliane wanderten auf dem Weg von
Bad Bellingen nach Schliengen.

Jetzt gerade hatten sie eine leere Holzbank hinter
sich gelassen und standen nun nach der nächsten
Wegbiegung nebeneinander am Abhang und
schauten schweigend auf die sich weit unter ihnen
hinter den Rebstöcken hinziehende Rheinebene.
Weiter rechts graste eine Schafherde und liess
dieses ruhige, Bild irgendwie noch friedlicher
erscheinen. Sie liessen es noch einige Zeit still auf
sich einwirken und gingen dann langsam weiter.
Kurze Zeit später erreichten sie eine Weggabelung
und Bea fragte unsicher zurück blickend: „Links
oder rechts?"
Kein Flüstern von MacGyver war zu hören. Ein
gutes Zeichen? Guido begann einige Zeilen aus
einem Gedicht von Johann Peter Hebel zu
rezitieren.

.

> *Und wenn de amme Chrützweg*
> *stohsch,*
> *und nümme weisch, wo's ane goht,*
> halt still, und frog di Gwisse z'erst,
> 's cha dütsch, Gottlob, und folg si'm
> Roth![20]

---

[20] Johann Peter Hebel, Der Wegweiser

Jetzt kam ihnen ein Wanderer entgegen. Der Wanderer betrachtete lächelnd die vier fragenden Gesichter.

-„Wollt ihr nach Schliengen? Da müsst ihr den linken Weg nehmen!"

Ein fröhliches „Danke" war sein Lohn und Bea summte einige Zeilen aus einem Bushido Song[21]:

> *„Bitte glaub mir, egal wie schlecht es dir geht*
> *Irgendwann kommt ein Lichtlein her*
> *Ja und dann merkst du, wie schön es ist wieder zu lachen*

Jetzt lachten alle befreit, schlugen, wie ihnen geraten worden war, den Weg nach links ein. Frau Brunetti sinnierte:

-„Jetzt sind sich hier gerade Hebel von 1800 und Bushido von 2010 sozusagen gedanklich begegnet."

In Gedanken versunken wanderten sie weiter.

•

---

[21] Bushido, Die Zeiten ändern sich.

FSC
www.fsc.org

MIX

Papier aus ver-
antwortungsvollen
Quellen
Paper from
responsible sources

FSC® C105338

Herstellung und Verlag:
BoD – Books on Demand, Norderstedt
ISBN:978-3-7494-6764-8